KB159704

우리가 애정했던 아날로그 라이프

서툴지만 나아가는
모든 이들에게 이 책을 바칩니다.

우리가
애정했던
아날로그
라이프

강작 지음

가영

배터리가 5% 남았습니다.
그런데 당신도 외롭나요?

또 이렇게 소란스러운 하루가 끝났다. 깜깜한 퇴근길, 다리 위엔 겨울을 알리는 찬 바람이 불고 있었다. 나는 누군가의 전화를 받고 싶었다. 누군가의 목소리가 듣고 싶었다. 아니, 나는… 외로웠다.

오늘따라 밤하늘의 달이 유난히 밝다고, 누군가에게 말하고 싶었다. 친구들의 얼굴이 떠올랐다. 휴대폰을 꺼내 연락처에 들어가 스크롤을 내렸다. 메시지를 주고받았던 친구에게 전화해볼까 한참을 망설이는 사이, 매정하게 휴대폰이 검게 변해버렸다. 나는 차가운 휴대폰을 귀에 대고 말했다.

"오늘 달이 참 밝다…."

하루에도 수많은 정보를 보고 수많은 메시지를 나누었다. 하지만 무엇이든 스위치가 꺼져버리면 나라는 존재는 유령처럼 투명색이 되어버렸다. 각종 웹사이트에서 많은 정보를 보았음에도 저녁이면 기억상실증에 걸린 것처럼 텅 빈 느낌이 들었고, 종일 메시지를 나누었음에도 달빛 하나 같이 보자고 선뜻 마음을 전할 친구가 없었다. 나는 그렇게 디지털 기기처럼 충전되고 방전되고 충전되고 방전되는 배고픈 삶을 이어가고 있었다. 도대체 내 삶은 어떻게 흘러가고 있는 걸까?

인생의 도화지를 펴보았다. 가만히 들여다보니 흰 부분이 너무나 많은 것 같았다. 디지털 문명에 휩쓸려 정신없이 주워 담은 가십들과 숫자 덩어리들만 구석에 가득 쌓여 있을 뿐이었다.

디지털(Digital)은 한정된 숫자로 모든 것을 표현하기 때문에 정확하고, 빠르고, 편리하다. 지금 이 순간에도 사람들은 더 정확하고 빠르고 편리하게 살기를 원하기에 점점 더 발전된 기기를 만들어내고 있다. 이러한 디지털 기기들이 우리의 일상에 가져다준 편리함은 그야말로 대단하다. 모르는 곳에 뚝 떨어져도 휴대폰 하나만 가지고 있으면 안심될 정도이니 말이다.

하지만 우리에게서 갑자기 휴대폰이 사라진다면 어떻게 될까? 외출하기 전, 휴대폰을 집에 두고 왔다면? 그대로 약속 장소에 나갈까, 아니면 늦더라도 다시 집으로 돌아갈까? '내 인생에서 휴대폰이 사라질 일 같은 건 없으니 모든 걸 의지하고 살아도 괜찮아요!'라고 말하는 사람도 있을 것이다. 그럼 나는 그에게 묻고 싶다.

혹시 휴대폰 속에서 수없이 쏟아져 나오는 정보들을 보고 있을 때 순간 머리가 텅 빈 듯한 느낌을 받아본 적 없었는지, '취미가 뭐예요?'라는 물음에 꿀 먹은 벙어리처럼 입을 열지 못한 적은 없었는지, '좋아하는 작가가 누구예요?'라는 질문을 받으면 기억이 나지 않아 휴대폰을 꺼내 검색해본 적은 없었는지, 당신을 정말로 채우고 있는 것은 무엇이냐고 묻고 싶다. 또 수많은 팔로워를 가지고 있음에도 평범한 어느 날 문득 외롭다고 느낀 적은 없었는지, 당신의 마음을 진정으로 이해해줄 사람이 곁에 몇 명이나 있는지 묻고 싶다.

디지털 기기에 과하게 의지해 중심을 잡지 못하던 나는 늘 어딘가 모르게 체한 듯한 답답함과 반대로 무언가 채워지지 않은 공허한 외로움을 함께 느끼고 있었다. 기계에 의존해서라도 그저 빠르고 편리하게 살면 최고라고 생각했는데 마음에 제동이 걸려버린 것이다. 이대로 아무것도 이루지 못하고, 아무것도 채우지 못한 채 휴대폰이 꺼지듯 내 삶도 허무하게 끝나버린다면? 상상만 해도 끔찍했다. 간절하게 삶의 적절한 균형이 필요하다고 느꼈다.

스스로에게 내린 처방은 디지털과의 강제적인 분리가 아닌, 현재의 일상에 '따뜻하고 인간적인 아날로그의 삶'을 더해 균형을 맞추려는 노력이었다. 디지털과 반대되는 의미인 아날로그(Analog)는 길이와 넓이, 깊이로 자료에 대해 정의를 내린다. 디지털시계와 아날로그시계를 생각해보면 쉽다. 숫자로 표시되어 초 단위로 계산되는 디지털시계와 달리 아날로그시계는 시침, 분침, 초침을 움직여 공간을 줄여나간다. 단순히 숫자가 아니라 길이 사이의 공간이라는 개념을 가지는 것이다. 우리의 존재를 그려 넣을 수 있는 공간을.

이 책에는 정확하고 빠르지만 차가운 디지털과 서툴고 느리지만 따뜻한 아날로그를 건강하게 공존시킴으로써 삶을 더욱 풍요롭게 만들어가려는 일련의 과정, 그로부터 배운 삶의 소중한 지혜를 녹이려고 노력했다.

디지털 문명에 익숙해진 일상을 아날로그와 조화롭게 만드는 일은 어쩌면 계속해서 도전하게 되는 다이어트보다도 힘들 수 있을 것이다. 그렇지만 부디 당신과 내가 서툴고 느리더라도 끝까지 함께 해낼 수 있기를 바란다.

그래서 더 이상 이유 모를 공허한 외로움에 허우적거리지 않기를, 삶에 햇살같이 따뜻하고 건강한 온기가 가득 차기를, 마지막 페이지에서 만나 함께 미소 지을 수 있기를, 마음 깊이 소망한다.

온기를 담아
강작

차례

6. 디지털이 가져다준 Analog Miracle

맺음말

01
—
우리가 애정했던
Analog Life

애잔하고 정겨운 아날로그

늘 무언가를 그리워하고 있었지만
그것이 무엇인지 알 수 없었습니다.
그로 인한 공허함과 답답함이
일상을 가득 채우고 있을 무렵,
잠시 멈춰 과거에 애정했던 모든 것들을
찾아 나서보기로 했습니다.

휴대폰 대신 책을 펼치고
컴퓨터 대신 편지지에 마음을 담고
이어폰 대신 자연의 소리에 귀를 기울였습니다.
그리고 마침내
그토록 그리워했던 것들을
찾을 수 있었습니다.

잃어버린 것이 아니었습니다.
잊고 있었을 뿐.

따듯하고 아름다운 것들은
언제나 우리 곁에

아날로그란 이름으로,
존재하고 있었습니다.

지하철 안에서의 시간

'외계인이 지구를 침공해
하필이면 지하철에 착륙해서
생뚱맞게 우리의 휴대폰을 모두 빼앗아 가버린다면?'

휴대폰을 빼앗긴 지하철 안에서의 시간, 사람들은 어떤 표정을
지을까? 어디를 처다볼까? 무얼 할까? 출근길에 나는 이런 끔찍하고
도 이상한 상상을 하며 휴대폰을 뚫어져라 들여다보는 사람들을 관
찰했다. 아무래도 답이 나오지 않았다. 사람들은 그런 일은 절대로
일어날 리 없다는 듯 무심히 고개를 숙이고 있었다.

아날로그 라이프를 살아보기로 다짐하고 내가 가장 먼저 개선하고

싫었던 것은 지하철 안에서의 행동이었다. 어느 날부터 지하철을 타면 나는 자연스레 고개를 숙이고 휴대폰만을 들여다봤다. 그리 집중하며 무슨 대단한 일을 했나 생각해보면 실은 SNS에 끊임없이 업로드되는 게시물에서 눈을 떼지 못한다거나 메신저로 친구들과 잡담을 나눈 것이 전부였다. 그렇게 시간 가는 줄 모르고 정신없이 휴대폰 안에 빠져 있다 보면 내릴 역에 도착할 때쯤 목은 뻣뻣해지고 눈은 빡빡해졌다. 심심해서 시간을 때웠다 치더라도 그리 원하지도 않던 수많은 정보를 무작위로 접한 후엔 언제나 머릿속은 복잡해지고 마음속은 텅 비었다. 물론 휴대폰으로 원하는 콘텐츠를 보는 것은 도움이 되었지만 내 경우 중간 중간 쉽게 불필요한 정보에 휩쓸리곤 했다.

나만 그런 걸까? 로봇처럼 휴대폰을 들여다보는 저 많은 사람들은 과연 자신에게 필요한 정보만을 수집하며 재밌고 유익한 시간을 보내고 있는 걸까?

다음 날, 나는 지하철에서 휴대폰을 꺼내지 않아보리라 다짐했다. 오른쪽 코트 주머니 안에 휴대폰이 있었다. 절대 손을 넣지 않기로 다짐했건만 지하철에 타자마자 나도 모르게 버릇처럼 또 휴대폰을 덥석 잡아버렸다. '급한 메시지가 왔을 수도 있잖아? 딱 한 번만 열어보자.' 마음속에서 디지털에 중독된 자아가 나를 유혹해왔다. 하지만 이내 주머니에서 손을 꺼내 가방끈을 꽉 움켜잡았다. 급한 일이 생긴다면 누구든 전화부터 할 테니까.

지하철 안의 사람들은 평소처럼 휴대폰에 시선이 고정되어 있었다. '외계인의 침공을 받고 휴대폰을 뺏긴 사람은 나뿐인 건가!' 갑자기 내 시선은 갈 길을 잃고 두 손은 할 일을 잃었다. 한 정거장 한 정거장 지날 때마다 점점 뻘쭘해졌고 심지어 초조해지기까지 했다. 하지만 지금 휴대폰을 꺼내더라도 딱히 할 것이 있는가? 마땅히 없다. 또 자극적인 게시물에 빠져 시간을 훌쩍 낭비하고 말 것이다. 그렇다면 이젠 간단하다. 휴대폰 없이 지하철 안에서의 시간을 잘 보낼 무언가를 찾으면 되는 것이다.

우리가 무의미하게 보내는 하루의 시작과 끝은 사실 굉장히 소중한 시간이다. 인생을 통틀어 매일 아침저녁 지하철에서만 보내는 시간을 다 합치면 친구와 보내는 시간보다 길 것이다. 이 시간은 누군가에게는 마지막 아침, 마지막 저녁일 수도 있다. 또 하루의 시작을 어떻게 하고 끝을 어떻게 맺느냐에 따라 인생이 180도 달라지기도 한다. 그렇다고 '지하철 안에서 그동안 미뤄 놨던 영어 단어를 모조리 외우겠어!'라는 무모한 목표를 세우는 건 무리가 아닌가 싶다. 내 경우 이런 계획은 100퍼센트 실패다. 자극적인 모바일 게시물을 뿌리칠 만한 대체재가 재미없는(전적으로 제 경우에 말입니다) 영어 단어 외우기라면 작심삼일을 인정하고 시작하는 셈이기 때문이다. 그보다 내겐 현실적으로 지속 가능한 대체재가 필요했다.

첫째 날, 휴대폰을 꺼내지 않고 가장 먼저 한 일은 '바라보기'였다.

나는 지하철에 앉아 난생처음 마주친 낯선 사람들의 모습과 차창 너머의 풍경을 바라보았다. 새벽 시장에서 물건을 한 아름 사 오는 아주머니, 과 점퍼를 입고 학교에 가는 대학생, 출근길에 어린아이를 등원시키는 회사원 아빠, 작은 가방을 무릎에 얹고 휠체어를 탄 노인까지 모두 각자의 사연을 안고 오늘을 살아가는 사람들이었다. 그들이 출근하는 내게 힘을 내라고 응원해주진 않았지만, 열심히 살아가는 사람들의 모습을 바라보는 것만으로도 왠지 모르게 마음이 따듯해졌다.

아침 8시, 대교를 건너는 지하철 차창 너머엔 여린 빛이 반짝이는 한강이 보인다. 가까이에 있는 것의 소중함을 발견하기가 더 어렵다는 말이 이런 것이었을까? 한강은 언제나 출근길 내 곁에 있었지만 휴대폰에 고정된 시선을 떼고 고개를 들어보기로 한 이제야 아름다운 풍경을 발견할 수 있었다. 휴대폰만 들여다보던 사이, 나는 얼마나 많은 귀중한 것들을 놓치고 있었던 걸까?

지하철에 앉아 내가 한 것은 바라보기만이 아니었다. 오늘 하루 사랑하는 사람들에게 어떤 예쁜 말을 할지 생각해보고, 그들의 표정도 그려보고, 앞으로 업무를 성공시킨다면 얼마나 기쁠지도 상상해보았다. 상상만 했는데도 이미 행복했고 마음 안에 더 나은 하루를 만들어갈 밝은 기운이 차오르는 것 같았다.

둘째 날 아침, 지하철에 들어서자마자 가방에 챙겨온 책 한 권을 꺼냈다. 모바일 중독을 끊기 위해서는 최대한 흥미 있는 책을 골라야 할 것 같아 소설책을 택했다. 아직까지 모바일 세상의 글들은(전자책이나 체계적인 글 플랫폼에 올라오는 글들을 제외하고) 짧고 가볍고 자극적인 경향이 있어서 중간 중간 원치 않은 정보까지 받아들이기 쉽다. 하지만 종이책은 다르다. 책은 작가가 오랫동안 고민하고 정성을 다해 쓴 깊이 있는 작품이기에 삶의 근원적인 성장에 도움을 준다.

이동 시간이 길지 않아 많이 읽지는 못했지만 오히려 그 몇 장 읽은 것이 선명하게 기억에 남아 일상 속에 깊숙이 스며들었다. 또 소설의 클라이맥스를 읽던 중 정거장에 도착하면 일하는 내내 설레는 마음으로 퇴근길이 기다려지기도 했다.

이렇게 행동하다 보니 휴대폰 속 뒤죽박죽한 정보에 휩쓸려 시간을 보냈을 때보다 일상이 훨씬 더 정돈되고 건강해지는 느낌이 들었다. 또 휴대폰으로 그럭저럭 스트레스를 풀고 힘든 몸을 억지로 이끌었던 수동적인 삶에서 '내일은 어떤 행복한 일이 일어날지, 책 안에선 어떤 유익한 이야기들을 발견할 수 있을지, 그로 인해 내일의 나는 어떤 내가 될지'를 기대하는 능동적이고 건강한 삶으로 향할 수 있게 됐다.

"스마트폰의 쇼트폼 같은 빠른 동영상을 보면 처음에는 즐거운 호르몬인 도파민이 나오지만 곧 스트레스를 받게 됩니다. 스마트폰을 많이 쓰는 사람들은 특징적으로 세 가지 문제를 가지고 있습니다. '우울, 불안, 수면장애.' 이는 만성 스트레스에서 생기는 세 가지 특징입니다. 스마트폰은 결국 즐거움이 아니라 스트레스입니다. 사람들이 옛날에는 책을 봤고, 그 이후에는 2시간짜리 영화를 보다가, 15분짜리 유튜브를 보다가, 지금은 1~2분짜리 쇼트폼을 봅니다. 그러면서 ADHD가 아닌 분들도 ADHD 두뇌를 가진 것처럼 점점 집중력이 안 좋아집니다."

– 정희원 노년내과 교수,
〈유퀴즈 제202화 '위대한 발견' 노화를 늦추는 방법〉 중에서

요즘도 나는 지하철을 타면 최대한 휴대폰을 꺼내지 않으리라 노력한다. 트렌드에 뒤처질 거란 걱정은 없다. 그런 건 어느 정도 시간을 정해놓고 봐도 충분하니까. 인생을 더 나은 방향으로 만들 수 있는 귀한 시간을 휴대폰이 좌지우지하게 놔두고 싶지 않다. 디지털 기기의 도움 없이도 흔들리지 않고 내가 내 삶을 살아갈 힘을 길러내고 싶다.

작은 변화가 삶의 큰 변화를 이끈다고 한다. 그러니 당신도 지하철에서 휴대폰을 빼앗으려는 필자라는 이 고집스러운 외계인에게 내일은 조금 당해주기를.

우리의 인생에 좀 더 맑고 건강한 동력이 샘솟길 바란다.

팔로워 말고 마음의 친구

"저요, 이 에이번리에서 마음의 친구를 가질 수 있을까요?"

"뭐? 무슨 친구라고?"

"마음의 친구요! 그건 아주 친한 친구라는 뜻이에요. 마음을 털어 놓을 수 있는 뜻이 맞는 친구 말이에요. 전 그런 친구를 만날 수 있 는 날이 오길 내내 꿈꿔왔어요."

– 루시 모드 몽고메리, 〈빨간 머리 앤(Anne of Green Gables)〉 중에서

메신저가 오늘이 친구의 생일이라는 걸 알려줬다. 문득 친구에게 편지를 쓰고 싶었지만 수취인 주소란에 아무것도 쓸 수 없었다. 퇴근 길 밤하늘이 아름답다고 전하고 싶었지만 결국 통화 버튼을 누르지

못했다. 당황스러웠다. 휴대폰에 단짝이라고 그룹 지어놓은 친구들에 대해 내가 아는 건 무엇일까? 우리가 매일 주고받는 수많은 메신저 속 대화들은 무엇이었을까?

많은 사람들에게 둘러싸여 있어도 갑자기 불쑥 외로움이 목구멍까지 차오르는 이유가 여기 있는 듯했다. 사회생활을 하면서 친구들과 만나는 횟수가 줄었고 하나둘 결혼해 가정이 생기니 자연스럽게 더 멀어졌다. 급기야 코로나라는 전염병까지 돌면서 친구들과의 만남이 가뭄처럼 메마르기도 했다. 그래도 우리에겐 매일 매 순간 이야기를 나눌 수 있게 해주는 메신저가 있으니 괜찮은 것 같았다. 하지만… 왜일까? 하루 종일 메신저로 수많은 대화를 나눴음에도 공허하고 외로운 기분이 드는 건….

메신저 속 대화는 대개 그때뿐인 일회성이었고, 진심 어린 공감이나 위로를 전하기엔 늘 부족하다고 느꼈다. 항상 붙어 다니던 학창 시절 때와 달리 메신저로는 친구의 마음을 세심히 살피기 어려웠다. 하굣길 친구의 시무룩한 표정을 보고 "무슨 일 있었어?"라고 물었을 때 왈칵 눈물을 흘리던 친구를 이젠 안아줄 수 없었다. 메신저 안에 미처 풀어놓지 못한 힘든 감정과 위로받고 싶은 서로의 마음을 더 이상 알아주지 못했고, 나눌수록 줄어드는 아픔과 나눌수록 커지는 기쁨을 너도 나도 혼자 삼키는 경우가 많아졌다. 그렇게 우리 사이의 빈틈은 점점 넓어져 이젠 평범한 저녁, 전화로 "날씨가 많이 추워졌네. 옷 따뜻하게 입고 다녀"라고 안부를 전하는 것조차 망설여지는 일이 됐다. 마음의 친구들은 다 어디로 사라져버린 걸까.

이런 생각만 맴돌았다. '지금 전화하면 받을까? 혹시 바빠서 몇 마디 못 하는 건 아닐까? 다른 사람과 함께 있진 않을까? 전화를 해도 될까? 첫 마디는 뭐라고 해야 할까? 그다음은? 만나자고 해야 할까?' 그러다 그냥 평소처럼 메신저로 말을 건네고 싶었다. 하지만 그럼 또 그 대화는 '그래, 조만간 보자'라는 기약 없는 인사로 마무리 지어질 것 같았다. 그런 결말을 원하지 않았다. SNS를 통해 남의 일 구경하듯 친구의 소식을 알게 되고 댓글 하나 남기는 것이 아니라, 좀 더 깊게 마음속 이야기를 듣고 좋은 일은 손뼉 치며 기뻐해주고 힘든 일은 세심히 위로해주고 싶었다.

거리와 시간의 제약을 없애준 디지털 기기를 사용하며 우리는 '멀리서 가볍게' 서로를 바라보고 있는 듯하다. 진정으로 필요한 것은 조금은 불편하더라도 '가깝고 깊게' 다가가는 진심인데 말이다.

한참 망설이다 SNS로만 소통해왔던 지인에게 전화를 걸어보기로 했다. 연락처 목록에서 그의 이름을 검색해 바라보았다. 통화 버튼을 누르고 싶었지만 왠지 그쪽에서 당황할 것 같았다. '메신저로 대화하면 되지 무슨 전화야?라고 말하면 어쩌지?'라는 생각이 들었다. 하지만 눈을 질끈 감고 통화 버튼을 꾹 눌렀다. 통화 연결음이 이어지는 동안 마음이 조그맣게 줄어드는 느낌이었다.

계속해서 연결음이 이어지자, 역시 전화를 하는 건 어색하다고 생각하고 끊고선 휴대폰을 다시 주머니에 넣으려던 찰나였다. 내 휴대폰에서 벨소리가 울렸다. 나는 얼른 통화 버튼을 눌렀다.

그는 나의 대학 선배였다. "어이, 어쩐 일인가~!" 반가운 목소리가 들렸다. "아니, 그냥 목소리 듣고 싶어서 전화했지요." 능청스럽게 말했지만 마음은 조금 떨리고 있었다. 나는 이미 그가 최근에 긴 여행을 다녀왔다는 것과 일이 바쁘다는 것을 SNS를 통해 알고 있었다. 하지만 그가 기록해둔 것들 이외에 진심 어린 안부를 묻고 싶었다.

"아픈 곳 없이 잘 지내죠?"

"응. 지혜는 SNS 보니 이직한 것 같던데 잘 적응하고 있어?"

"하하, 노력하고 있어요."

"무리하진 말고."

"선배는 힘든 일은 없고요?"

"아이고, 여행 다녀와서 다시 일하려니 힘드네."

"아! 푹 쉬고 복귀하셔야 하는데…. 여행은 어땠어요?"

멀리 떨어진 틈 사이가 한 걸음 좁혀지는 것 같았다. 전화를 끊고 돌아오는 지하철 안에서 나는 바보같이 배시시 웃고 있었다.

다음 날, 저녁 7시쯤 휴대폰 벨이 울렸다. 통화한 선배와 함께 친하게 지냈던 친구였다. "잘 지내냐!" 어릴 적 그대로 정겨운 목소리였다. "와, 민우야!" 나는 놀란 목소리로 인사했다. 오랜만에 통화하는 거라 친구도 약간 어색한 것 같았다. 내게 전화가 왔다는 선배의 말을 듣고 안부가 궁금해져 연락했다는 것이다. 나는 너무 반가

위서 이름을 몇 차례나 다시 불렀다. 그리고 따뜻한 일상의 대화를 이어갔다. 신기한 일이었다. 마음으로 다가가니 마음이 다가오는 일….

> 달이 떴다고 전화를 주시다니요
> 이 밤 너무나 신나고 근사해요
> 내 마음에도 생전 처음 보는
> 환한 달이 떠오르고
> 산 아래 작은 마을이 그려집니다
> 간절한 이 그리움들을, 사무쳐오는 이 연정들을
> 달빛에 실어 당신께 보냅니다
> 세상에, 강변에 달빛이 곱다고 전화를 다 주시다니요
> 흐르는 물 어디쯤 눈부시게 부서지는 소리 문득 들려옵니다
>
> — 김용택, 〈달이 떴다고 전화를 주시다니요〉

이제 평범한 날에도 종종 용기를 내어 사랑하는 사람들에게 메신저 대신 전화를 걸어야겠다고 생각했다. 우리의 심장은 기계처럼 뚝 꺼지고 툭 켜질 수 있는 게 아니니까. 언제나 사랑하는 이들의 포근한 웃음과 따뜻한 손길이 필요한 법이니까. 현대문명이 아무리 멀어져라 멀어져라 해도 더 가까이 가까이 사랑하는 이들의 마음 곁으로 다가가고 싶다.

진정한 행복의 역사, 앨범

찰칵 쏴르르르 쏴르르르! 투박한 카메라 셔터 소리가 좋았다. "자, 찍는다! 하나 둘 셋!" 들뜬 아빠의 목소리도, 셔터를 누른 후 몇 초쯤 얼음처럼 멈춰 있는 모습도 좋았다. 그 모든 사랑의 순간들이 무척이나 그리웠다.

여행을 다녀오면 엄마는 검정 카메라에서 작은 필름을 꺼내 동네 단골 사진관에 맡기셨다. 일주일 뒤쯤 인화된 사진을 찾아오는 건 내 몫이었다. 그렇게 받아온 두툼한 사진 뭉치를 엄마에게 건네면 엄마는 큰 접착식 앨범에 하나하나 반듯하게 사진을 붙였다. 그럼 언니와 나는 그 옆에서 아빠가 눈을 감은 사진, 내가 웃긴 포즈 잡다 꽈당 넘어진 사진들을 보며 키득키득 웃어댔다. 그때는 몰랐다.

그 앨범이 어른이 된 나의 보물 1호가 될 줄은.

　요즘은 다들 휴대폰이나 작은 디지털카메라로 사진을 찍는다. 찍을 때 크게 소리가 나지 않을뿐더러 필름처럼 촬영할 수 있는 개수가 정해진 게 아니니 계속해서 촬영할 수도 있다. 수백 수천 장을 찍은 뒤 잘 나온 것만 남겨두고 모두 삭제해버리면 그만이다. 번거롭게 사진관에 가서 인화될 때까지 기다릴 필요도 없고 앨범을 살 필요도, 시간 들여 정리할 필요도 없다. 즉석에서 SNS에 사진을 올리면 끝. 디지털화되어 아주 편리하다. 더욱이 SNS에 사진을 올리고 계정을 공개해두면 지인을 포함해 지구상에 있는 모든 사람들에게 내 사진을 보여줄 수 있고 그들의 의견도 받아볼 수 있다.
　이처럼 모든 과정이 빠르고 편리해졌는데 왜 나는 문득 과거의 느리고 번거로운 추억의 수집 방법이 그리워진 걸까? 단지, 일종의 향수인 걸까?

　나는 몇 년 전부터 12월이 되면 연말 행사처럼 그해에 찍은 사진 중 100장을 골라 인화해 앨범으로 만들고 있다. 그 후 친구와 작은 카페에서 만나 서로의 앨범을 함께 보며 행복한 추억을 되뇌고 삶에 감사하는 시간을 갖는다.
　타인의 시선을 의식한 사진들로 채워진 SNS와는 달리 앨범 안에는 못생겨 보여도 행복해서 활짝 웃는 사진들이 담겨 있다. 잠옷 차림에 마스크팩을 한 엄마와 내가 있고, 신입 시절 커피를 나르다 손에

화상을 입은 상처도, 남들에겐 그저 허름하게 보일지라도 우리 가족에겐 고마운 큰오빠였던 아빠의 기름차도, 흐릿하게 찍힌 돌아가신 할아버지의 모습도 사진에 담겨 있다. 이 사진들은 아마도 '좋아요'가 0이고 댓글도 없겠지만 타인에게 잘 보이려고 꾸민 내가 아니라, 서툴지만 사랑스러운 내 진정한 삶의 모습이다. 또한 외장하드가 고장 나거나 SNS 계정이 해킹당한다고 하더라도 영원히 내 곁에 남아줄 진정한 행복의 역사다.

힘들고 지칠 때, 누군가의 위로가 필요할 때 나는 앨범을 펼쳐 본다. 그럼 과거의 그곳에서 울고 웃던 내가 지금의 내게 "힘내. 네 삶은 많은 행복과 아름다운 사랑으로 채워지고 있어"하고 토닥여 주는 것 같다. 어느새 공허했던 마음 안에 따뜻한 용기가 몽글몽글 차오른다.

가끔은 이 느린 작업이 번거롭게 느껴질 때도 있다. 하지만 그런 마음이 들수록 나 스스로가 매일의 일상을 소중히 여기며 살 수 있도록, 더 느리고 더 번거롭게 앨범 속에 나의 역사를 써나가고 싶다.

디지털 속에서 쉽게 잊히고 지워졌던 평범한 모든 일상들이 사실은 진정한 행복의 순간이었단 것을, 이젠 알고 있기 때문이다.

편지, 언제나 곁에서

우리는 편리한 것을 원했다. 빠르게 일을 처리하고 싶었고 간편하게 대화하고 싶었으며 어디서나 음악을 듣길 원했다. 그런 것들을 가능하게 하는 기기를 개발해냈고 마침내 우리는 우리가 원하는 대로 편리한 세상 속에서 살고 있다. 이러한 시대에 내가 굳이 아날로그 라이프를 살아보겠다고 다짐한 이유는, '과연 우리는 우리의 마음조차 편리해지길 원하는 걸까?'라는 물음에 '그렇지 않다'라는 대답을 했기 때문이다.

이런 상상을 해보자. 만약 썸을 타던 남자와 첫 키스를 하려는데 마음속에서 '입술을 갖다 댄다. 그의 혀가 들어오면 나도 받아친다. 입술을 뗀다. 사랑한다고 말한다'를 편리하게 알려준다면 어떨까?

마음속 감정들에게 '날 내버려둬!'라고 소리치며 고개를 마구 저을 것이다.

엄마 말을 잘 들으면 자다가도 떡이 생긴다지만 더 이상 엄마가 관여하지 않아줬으면 하는 영역이 있듯이, 아무리 편리하다 하더라도 우리 생활에 디지털이 침범하지 않았으면 하는 영역이 분명히 있다. 빠르고 편리하지 않더라도 슬픈 영화를 보면서 내 감정대로 울고 싶고, 내 감정대로 사랑하고 싶다. 마음만큼은 디지털화되지 않도록 따뜻한 아날로그로 지켜내고 싶다.

그럼 무엇으로 마음을 주고받으며 삶의 온도를 따뜻하게 지켜낼 수 있을까? 그러한 아날로그적인 매개는 무엇일까?

나는 '편지'가 그중 하나라고 생각한다. 편지를 쓴다는 것은 편지만의 온도, 편지만의 공백, 편지만의 언어로 보이지 않는 진심을 종이에 그리는 일이다. 편지지 위에 삐뚤빼뚤한 글씨체를 보면 속이 다 보이는 것처럼 솔직하다. 별다른 기술 없이 그림을 그려도 되고 편지지에 향수를 뿌려도 된다. 종이는 시각과 후각, 촉각까지 허용한다. 그렇게 보자면 편지야말로 디지털보다 더 혁신적인 도구 같기도 하다. 또 디지털은 쉽게 만들어지는 만큼 쉽게 지워지기도 하지만 서랍 속에 20년 넘게 보관되어 있는 편지들은 색이 약간 바래긴 했어도 오래전 모습을 간직하고 있다.

조용한 저녁, 방에 들어와 편지지를 꺼내 마음을 적어보았다.

글씨가 예쁘지 않고 글솜씨가 없으면 어떤가, 그것이 나고 내 솔직한 마음인데. 멋을 부리려 편지를 쓰는 게 아니라 진심을 전하고 싶은 것이니 너무 완벽하지 않은 게 오히려 좋다고 여기기로 했다. 편지 안에 친구와 내 모습을 그림으로도 표현해보았다. 사람을 그린 것이 맞는지 의문이 들었지만 친구의 긴 생머리를 표현했으니 알아보겠지 하고 웃었다.

다음 날 아침 편지를 부치려고 우체통을 찾았다. 디지털화된 내 몸이 '아, 클릭 한 번으로 끝낼 일을 왜 이렇게 번거롭게 해?'하고 투덜 신호를 보냈다. 어릴 적엔 슈퍼 옆에도, 학교 옆에도 빨간 우체통이 있었던 것 같은데 이젠 찾기가 쉽지 않다. 어렵게 어렵게 아파트 단지 끝에 멀뚱히 서 있는 우체통 하나를 발견했다. 다가가 편지를 넣으려는데 순간, 주변에서 쳐다보는 사람이 있을 것 같아 머쓱해졌다. 언제부터 편지를 부치는 일이 이렇게 어색한 일이 되어버렸을까?

불편을 감수하더라도 편지로 전해지는 진심은 디지털로 나눈 수많은 메시지보다 훨씬 더 깊고 진하게 마음에 와 닿아, 살아가는 내 내 마음의 온기를 따듯하게 데워준다.

나는 유치원을 다닐 때부터 서른 중반이 된 지금까지 받아온 많은 편지를 모두 잘 보관해두고 있다. 어떤 편지들은 액자에 넣어 책상 위에 세워두기도 했다. 그리고 종종 마음이 지칠 때면 오래된 편지들을 꺼내어 다시 읽곤 한다. 그럼 신기하게도 타임머신을 타고 편지를 받았던 그 순간으로 돌아가는 것 같다. '할머니가 될 때까지 우정 변치 말자', '생일 축하해. 많이 많이 사랑해', '미안하고 고마워', '당신은 제게 소중한 사람이에요', '엄마에겐 우리 딸이 언제나 세계 최고야'….

편지들을 읽고 있노라면 잊고 지내왔던 소중한 발신인들의 마음이 다시 고스란히 가슴 안에 전해진다. 애틋한 그리움과 함께 다시 잘 살아보자는 뭉클한 용기가 온몸에 스미는 것 같다.

소중하고 소중하고 소중한 일이다.

자기 전엔 휴대폰 대신

아직도 초등학생들의 숙제로 일기 쓰기가 있는지 모르겠다. 내가 어릴 적엔 오늘의 기분을 해, 구름, 비, 천둥으로 체크하고 그날 인상 깊었던 일을 그림과 몇 개 문장으로 기록하는 일기가 매일의 숙제였다. 수업을 시작하기 전 반장이 학생들의 일기장을 걷어 교탁 위에 올려 두면 선생님이 가져가 학생들의 속내를 다 파헤친(?) 후 수업이 끝날 즈음 다시 돌려주었다. 집으로 가져와 일기장을 열어 보면 일기 위엔 항상 '아빠와 아이스링크장에 가다니! 지혜 정말 행복했겠구나'라고 적힌 선생님의 칭찬 메모가 있었다.

한번은 선생님이 학생들 앞에서 내 일기를 매우 칭찬하신 적이 있었다. 병원에 가서 주사를 맞아야 하는데 아플 것 같았지만 꾹 참기로 했다는 별거 아닌 내용이었다. 그런데 선생님은 매우 감동받은 표정을 지으시며 아픔을 이겨내기로 결심했다는 부분이 인상 깊었다고 이야기해주셨다. 그 일로 반 모든 친구들의 박수까지 받아버려서 나는 그 후 일기 쓰기에 더 열정을 다할 수밖에 없었다. 그 날들을 떠올리면 세상이 어떻게 생겼는지도 모르던 어린 나였지만, 일기로 하루를 마무리하고 좀 더 좋은 사람이 되어보려 노력했던 것 같아 피식 웃음이 난다.

일기 쓰기 숙제는 중학교에 입학하면서부터 사라졌다. 수학 문제 하나 더 풀고 영어 단어 하나 더 외워야 하는 나이라고 여겨져서인지 일기를 쓰던 늦은 시간까지 학원에 있는 날이 잦았다. 오늘 하루 어떤 재밌는 일로 웃었는지, 어떤 슬픈 일로 고민했는지, 내 감정은 어떤지 살피지 못했고 집으로 돌아오자마자 피곤해 그대로 잠들어버렸다. 내가 나에게 해주는 말은 전무한 상태로 타인의 말에 휩쓸리기 시작한 것도 그때부터였던 것 같다. 그렇게 나는 공부만 잘하는 허수아비로 사회에 나왔다.

사회에 나와서는 공부 대신 일을 열심히 했고 늦은 밤 집에 돌아오면 쉬고 싶어 눕기 바빴다. 누워서 바로 잤으면 피부라도 좋아졌을 텐데 새벽까지 했던 일은 자극적인 SNS 게시물을 끊임없이 넘긴 것이었다. 마치 다음 날 장이 편하지 않을 걸 알면서도 매운 불닭을 먹으며 스트레스를 푸는 것 같은 행동이었다.

초등학교를 졸업한 이후로 나는 그렇게 아주 오랫동안 내 안의 나를 만나지 않았다. 그래서 늘 어떤 일을 선택할 때마다 많은 갈등을 했고, 타인에게 의지했으며, 내 삶에 자신이 없어 끊임없이 누군가와 나를 비교했다. 의사 선생님 앞에서 주사의 아픔을 꾹 참기로 결심했던 용감한 아이는 시간이 흐른 뒤 작은 불안조차 스스로 다스리지 못하는 어른이 되어 있었다.

그런 나에게 절실히 필요한 것은 다시 일기를 쓰는 일이었다. 자존감을 높여 삶을 건강하게 살아가기 위해서는 나에게 스스로 '일기'라는 숙제를 줘야만 했다. 그렇게 나는 매일 밤 휴대폰 대신 다이어리를 꺼내 다시 일기 쓰기를 시작했다.

일기를 쓰는 것은 매일 밤 나 자신과 편지를 주고받는 일과 같아서 마음을 세심히 들여다볼 수 있고, 그럼으로써 자신에 대해 깊이 알아갈 수 있다. 또한 이렇게 자신의 감정을 스스로에게 이해받게 되면 내면엔 삶을 이끌어갈 용기가 차오른다.

나는 다시 일기를 쓰며 그동안 망설여지는 선택 앞에서 타인에게 의지했던 것들을, 일기 안의 나 자신에게 묻고 답하며 책임지는 연습을 해나가고 있다. 또 일기 쓰기는 바쁜 일상에 치여 뒷전으로 밀어둔 소중한 것들을 다시 움직일 수 있게도 해주었다. 가족과 친구들에게 사랑을 전하고, 직장 동료에게 고맙다고 말하고, 우유 배달 아주머니에게 안부를 묻는 것 모두 일기에 다짐하지 않았더라면 놓쳤을 것이다. 흐릿해졌던 꿈과 미래 계획들도 일기 안에 구체적으로 그려나가면서 자연스럽게 현실로 이어나가고 있다.

어른이 된 나의 일기엔 더 이상 선생님의 칭찬 메모도 친구들의 박수도 없다. 그렇지만 일기장을 펼쳐 볼 때마다 어릴 적 그때처럼 수줍은 미소가 지어지는 걸 보면, 그 안에 여전히 멋진 칭찬 메모와 따듯한 박수 소리가 있는 듯하다.

혹, 마음이 보내는 감사의 답례인 걸까?

좋아요 누르지 않는 사이

인스타그램을 시작한 지 몇 달 되지 않았을 때였다. 오랜만에 동창 모임에 갔는데 한 친구가 내게 "야, 너 왜 나 팔로워 끊었어?"라며 따졌다. 그 말을 듣자 순간 당황함과 동시에 억울해졌다. 그 앱을 시작한 지 얼마 되지 않아 어떻게 사용하는지도 잘 몰랐을뿐더러 큰 관심도 없어서 누가 팔로잉이 되어 있고 누가 안 되어 있는지도 모르는 상태였기 때문이다. "그럴 리가 없는데? 모르는 사람을 지운다는 걸 너를 지웠나 봐"라고 말했지만 친구는 무척 서운한 눈치였다. 집으로 돌아오는 내내 신경이 쓰였다. '도대체 팔로워가 뭐길래 동창 사이를 이토록 흔들리게 하는 걸까?'

초등학생 때 선생님은 우리에게 친구 사이에는 보이지 않는 마음의 끈이 존재한다고 말씀해주셨다. 그건 아주 강하고 두꺼워서 싸워도 쉽게 끊어지지 않고, 살다가 어려운 일이 생기면 서로가 넘어지지 않게 도와준다고 말이다. 그것 덕분인지 동창들은 오랜만에 만나더라도 어제 보았던 것처럼 친숙하고, 대화 사이에 정적이 흘러도 어색하지 않다. 또 힘을 빼고 평소의 내 모습을 보여주다 보니 자꾸만 커지는 콧구멍을 절제하지 못하고 박장대소하게 된다.

어릴 적 우린 그런 사이였다. 책상 위에 연필로 반을 갈라 선을 긋고 넘어오지 말라며 소리를 지르다 선생님께 불려가고, 어디선가 주워들은 욕을 서툴게 내뱉고는 엉엉 울고, 밀치다 무르팍이 깨지고 화장실에서 서로를 놀리던 사이. 그런 것들을 상처가 아니라 추억이라고 이해해줄 수 있는 친구 사이. 팔로워가 되어 있지 않다고, 매번 '좋아요'를 누르지 않는다고 끊어지는 사이가 아니었다.

팔로워나 '좋아요'의 수가 인생 친구의 수를 나타내는 것도, 그들의 마음을 다 표현할 수 있는 것도 아닐 것이다. 내 친구 중엔 따뜻한 마음씨를 가져서 주변에 좋은 사람이 많은 친구가 있다. 그녀도 인스타그램을 하는데 팔로워 수는 그리 많지 않다. 그렇지만 만약 그녀가 위험에 처한다면 나를 포함해 많은 사람들이 발 벗고 나설 것이 분명하다.

누군가는 그런 깊은 사이가 아니더라도 자신에게 관심을 보이는 팔로워가 많으면 좋겠다고 생각할 수도 있다. '좋아요'를 많이 받으면 받을수록 인생이 더 멋지고 특별해지는 것 같다고 느끼기 때문이다. 하지만 그런 마음을 가질수록 더욱더 타인이 자신의 삶을 좌지우지하게 만들 수 있다. 나에겐 정말 행복한 일이었지만 '좋아요' 수가 적으면 한순간에 보잘것없는 일이라고 여기게 되고, 나는 이 모자를 쓰고 싶지만 SNS에서 유행하는 저 모자를 써서 게시물을 올려야 괜찮은 삶이 된다고 생각하는 것이다. 그러다 어느 날 문득 누군가가 "당신은 진심으로 행복한 인생을 살고 있나요?"라고 물으면 이렇게 답할지도 모른다. "음, 잘 모르겠는데… 잠시만요. 스토리에 제 인생이 행복한 것 같으냐고 Q&A 올려볼게요. 곧 답변이 올 거예요."

우리가 반드시 기억해야 할 점은 모든 팔로워들은 언제나 당신의 인생보다 각자 자신의 인생을 가장 중요하게 생각한다는 것이다. 당신의 시련을 대신 이겨내주지 않으며, 당신의 행복을 대신 느껴주지도 않는다. 당신이 스스로의 인생을 잃어버리면 당신의 인생은 갈 곳이 없어진다.

그러니 편안한 마음으로 자신의 인생을 살았으면 좋겠다. 우리는 모두 팔로워나 '좋아요'의 수로 평가될 수 없는 멋지고 귀중한 존재이니까. 또 걱정하지 않았으면 좋겠다. 우리를 진심으로 아끼는 사람들은 팔로워나 '좋아요'가 아니라 진하고 단단한 마음으로 언제나 우리 곁에, 있어줄 테니 말이다.

인생도 내비가 되나요?

내가 대학교에 다니던 시절엔 술 게임 중 하나로 지하철역 이름 대기가 있었다. 이를테면 누군가 '왕십리!' 하면 다음 사람이 다음 정거장을, 또 그다음 사람이 그다음 정거장을 말하는 게임이다. 나는 지하철을 타더라도 지하철 앱으로 출발지와 목적지를 찍고 다녔기에, 집 근처와 학교 주변 역을 제외하곤 다른 역 이름은 잘 알지 못했다. 늘 게임의 승자는 복학생 B선배여서 나와 대부분 동기들은 그 게임을 별로 좋아하지 않았다.

그런데 나는 당시 선배가 왜 그렇게 멋져 보였는지 모르겠다. 동기들이 선배를 이겨보려고 자기들끼리 짜고 듣지도 보지도 못한 지하철역을 찾아 도발을 해도, 아무렇지 않게 다음 역 이름을 척척 대는 선배의 모습이 순수했던 내겐 마치 칠판에 흰 분필로 빼곡히 방정식을 풀어놓던 수학 선생님처럼 멋지게 느껴졌다.

그러던 어느 날 내게 소개팅 기회가 생겼다. 상대는 나의 외적 이상형 99퍼센트에 부합하는 남자였기에 나는 출발 3시간 전부터 온갖 치장을 하기 바빴다. 약속 30분 전 서둘러 나와 버스를 타고 의자에 앉아 가방에 손을 넣었다. 그 순간! 가슴이 서늘해졌다(이 기분, 많은 분들이 알 것입니다). 정신없이 나오느라 휴대폰을 집에 깜빡하고 두고 온 것이다.

약속 장소가 익숙하지 않은 역 근처였는데 휴대폰이 없으니 지하철 앱을 사용할 수가 없었다. 집으로 돌아가자니 늦을 것 같았다. 심장이 빠르게 뛰기 시작했다. 당황해서 한참을 두리번거리다 겨우 플랫폼에 붙어 있는 노선도를 찾아냈다. 그리고 나는 마치 신세계에 떨어진 조선인처럼 손가락으로 선을 따라 내가 있는 역과 도착역을 찾기 시작했다. 미치도록 휴대폰이 필요한 순간이었다. 어렵사리 역에 도착해 옆에 계신 할아버지께 시간을 여쭤보니 할아버지는 옷을 걷어 손목시계를 뚫어져라 쳐다보셨다.

다행히 약속 5분 전이었다. 만나기로 한 카페는 예전에 한 번 가본 적이 있어서 웬만큼 기억이 날 거라고 생각했다. 그런데 웬걸? 내 뇌는 하나도 기억해내지 못했다. 물론 길 찾기 앱을 사용해 화살표만 따라가긴 했지만 이렇게 감이 없을 줄이야? 온몸에 힘이 쭉 빠지던 그때였다. 갑자기 기적 같은 일이 일어났다. 드라마처럼

B선배가 내 앞에 나타난 것이다!(그는 그냥 근처 학원에 가는 중이었답니다)

너무나 반가웠던 나는 큰 소리로 선배 이름을 불렀다. 선배도 나를 보고 깜짝 놀란 것 같았다. 평소와 다르게 한껏 치장한 내 모습이 괴상해서 놀란 것인지는 잘 모르겠다. 나는 앞뒤 생각할 겨를 없이 선배에게 카페 위치를 아느냐고 물었다. 그러자 선배는 "거기서 약속 있어? 나 학원 가는 시간 좀 남았으니까 데려다줄까? 가까워"라고 말하며 환하게 웃었고 그 모습에 스무 살 신입생은 속절없이 반해버려 약속이 소개팅이라는 말도 못 하고 홀린 듯 선배를 따라가기 시작했다. 카페에 다다르기 몇 걸음 전 나는 횡설수설한 말투로 선배에게 데려다줘서 고맙다고 이제 학원에 가시면 될 것 같다고 말했다. 하지만 불행하게도 선배는 또다시 환하게 웃으며 "아, 여기로 돌아가면 되니까 괜찮아. 앞까지 데려다줄게"라고 세상 친절하게 말했다.(제발)

그렇게 우린 함께 걸어서 카페 앞까지 갔고 카페에서 기다리던 나의 외적 이상형 99퍼센트에 부합하는 남자는 그런 우리를 발견했으며, 선배도 그제야 약속이 소개팅이라는 걸 알게 되어 바람같이… 사라졌다. 그 후의 에피소드는 독자의 상상에 맡기기로 한다.

내비게이션이 없던 시절, 사람들은 차 안에서 큰 종이 지도를 펼쳐 길을 찾았고, 그래도 모르겠으면 차창을 내려 사람들에게 묻고 물어 목적지에 도착했다. 길을 잘못 들고 시간이 오래 걸리긴 했지만

용하게도 매번 목적지를 찾아냈다. 그렇게 여러 번 실패를 거듭했던 그때의 운전자, 현재의 아버지들은 많은 세월이 지난 지금도 내비게이션 없이 길을 잘 찾는다. 더 신기한 건 그들은 새로운 도로가 생겨 헤매게 된다 하더라도 당황하지 않고 금방 옳은 길을 찾아낸다는 점이다. 업데이트되지 않은 내비게이션 창에 새로운 도로가 보이지 않는다고 분노하는 나와는 달리 말이다.

우리는 지하철역이나 길찾기뿐만 아니라 친구의 전화번호, 생일 같은 너무나 개인적인 것들도 모두 디지털 기기의 메모리에 의존하곤 한다. 포인트 적립을 하려는데 가족의 휴대폰 번호가 생각나지 않아 당황한다거나, 친구가 메신저에 생일을 비공개해두어 당일엔 전혀 모르고 있다가 몇 달 뒤 서운했다는 말을 듣기도 한다. 그러다 문득 이런 나를 발견하기에 이른다. "그 그 그 뭐지? 그 그 있잖아." 그럼 친구가 말한다. "검색해봐!"

건망증이란 없는 디지털 기기 덕분에 어쩌면 우리에게 건망증이 생기고 있는 건 아닐까? 소중한 것들마저 잊히길 스스로 자처하고 있는 것인지도 모르겠다. 어디까지나 인생은 내비가 되지 않아서 우리가 하나하나 기억하고 그려나가는 마음의 좌표를 따라 살아야 하는데 말이다.

이어폰 너머의 음악들

당신에게 휴대폰 다음으로 없어서는 안 될 물건은 무엇일까? 주머니에 이미 지갑이 들어 있다면 이 질문의 답은 이어폰일 수 있다. 일을 할 때를 제외하고 집을 나서서 돌아올 때까지 내 귀에는 늘 이어폰이 꽂혀 있었다. 내게 있어 이어폰으로 음악을 듣는 건 취미라기보단 중독에 가까웠다.

어느 날 깜빡하고 이어폰을 집에 두고 온 날이 있었다. 순간 나는 패닉이 되어 마약쟁이(?)처럼 가방을 뒤졌지만 역시나 없었다. 집으로 돌아가자니 시간이 빠듯해서 결국 무거운 발걸음으로 지하철을 탔다. 사람들은 평소처럼 이어폰을 귀에 꽂고 휴대폰을 보고 있었다. 나는 그 어느 때보다 공허하고 피곤한 것 같았고 지하철 안의

소음도 무척 신경 쓰였다. '이렇게 시끄러웠나?'

퇴근길도 마찬가지였다. 하루 종일 음악이 주는 에너지를 받지 못해서인지 몸이 천근만근이었다. 아침에 일어나 잠들 때까지 음악에 감정의 많은 부분을 의지해왔던 나는, 이젠 아예 음악 없이는 감정을 제대로 움직이지 못하는 기계가 되어버린 것 같았다. 마음의 액정 위에 '공허함'이라는 빨간불이 반짝였다.

영화 〈라따뚜이(Ratatouille)〉(2007) 애니메이션 제작팀이 캐릭터의 모션 사운드를 만들어내는 영상을 본 적이 있다. 캐릭터가 요리를 하면서 팬에 든 수프를 나무 주걱으로 젓는 소리, 앞치마의 끈을 꽉 묶는 소리, 작게 한숨을 내쉬는 소리를 마이크 앞에서 실제로 연출하며 생생하게 녹음하고 있었다. 놀라웠던 건 디지털 효과음을 더하지 않았는데도 그것들이 음악처럼 듣기 좋았다는 점이었다.

또 다큐멘터리 〈류이치 사카모토: 코다(Ryuichi Sakamoto: Coda)〉(2018)에는 피아노 연주가 류이치 사카모토가 음악을 만드는 과정이 나온다. 그는 작은 녹음기 하나를 손에 쥐고 숲으로 가서 울창한 나무 아래를 걸으며 바스락거리는 자신의 걸음 소리를 녹음한다. 쓰러진 고목을 두드리기도 하고 잎 사이로 흐르는 바람 소리도 녹음한다. 그러곤 그 소리들을 작업실에 가져와 섞고 연결해 음악으로 만든다.

이 두 영상은 내게 우리가 매일 듣는 음악의 근원이 실은 자연과 일상 안에 있었다는 걸 깨닫게 해주었다. 막 수확한 토마토가 샐러

드로 요리되지 않더라도 그 자체로 맛있는 음식이듯, 디지털로 가공
되지 않은 아날로그 소리도 하나의 멋진 음악이었던 것이다.

하루 종일 이어폰을 꽂고 조미료가 가득 들어간 음악에 취해 살
아왔던 터라 우리 곁에 있는 신선하고 생생한 소리들을 아예 듣지
못하고 있었던 건 아닐까? 등교하는 아이들의 웃음소리, 지하철 스
크린도어가 열리는 소리, 사람들의 외투가 스치는 소리, 키보드를
두드리는 소리…. 모두가 곁에서 우리의 감정을 묵묵히 응원하는
일종의 음악이었는데 말이다.

최근 뇌를 자극해 심리적인 안정을 유도하는 ASMR(Autonomous
Sensory Meridian Response) 영상이 인기인 것도 일상적인 소리가
우리의 감정에 도움이 된다는 걸 보여준다. 바쁘게 채우는 삶을 사
는 현대인들이 명상과 간헐적 단식을 필요로 하는 것처럼, 각종 데
이터 사운드로 하루를 꽉 채운 그들은 소리에 있어서도 아날로그 그
대로에 집중하며 마음을 정리하길 원하는 것이다.

요즘 나는 의식적으로 종종 이어폰을 빼고 주변의 소리에 귀를
기울이고 있다. 새들의 지저귐, 나뭇잎이 흔들리는 소리, 사람들의
발자국 소리, 머리카락을 귀 뒤로 넘기는 소리, 역무원의 목소리를
귀 기울여 듣는다. 책을 한 장 한 장 넘기듯 하나하나 의식하며 듣다
보면 이어폰으로부터 두 귀를 막고 소음으로 치부했던 소리들이 놀
랍도록 편안하게 느껴진다.

여전히 지칠 땐 노래를 들으며 많은 위로를 받는다. 그렇지만 이젠 이어폰 없이 외출을 해도 쉽게 공허함을 느끼지 않는다. 일상 속의 소리들이 마음을 채워 때론 부드럽고 편안하게, 때론 생생하고 힘차게 만들어주기 때문이다.

아마도, 이 소리들이 '세상이 들려주는 위로와 응원의 노래'였던 것 같다.

행복을 만드는 수첩과 펜

이젠 휴대폰에 모든 걸 담을 수 있게 됐다. 사진도, 영상도, 글도, 그림도, 목소리도. 그러나 휴대폰에 담긴 내 모든 것은 디지털을 거쳐 만들어진 나였다. 갸름하게 보정된 턱선, 인공적일 정도로 푸른 하늘, 반듯한 글자, 한 치의 오차도 없는 선, 갇혀 있는 목소리가 그랬다. 디지털은 있는 그대로의 내가 아닌 디지털 세상에서 인정받을 만한 나를 만들어줬다. 완벽하다는 표현보다는 디지털 세상의 언어에 일치하게 만들어줬다고 하는 편이 맞을 것이다.

사람들은 점점 더 정확한 것들을 휴대폰에 담게 됐고, 그러는 사이 나는 저절로 디지털 세상의 정확함이 '완벽함'이라고 여기게 되었다. 입꼬리가 비대칭인 내 사진은 버려야 할 것, 삐뚤빼뚤하게 그린 그림은 지워야 할 것처럼 느껴졌다.

그러다 어느 날부터인가 나는 현실에서도 있는 그대로의 내 모습을 좋아하지 않게 되었다. 거울을 보며 성형수술을 해서라도 디지털 속 내 모습처럼 코를 오뚝하게 세워야 할 것 같았고, 마트에서 회원카드 만들려고 설문지를 작성할 때도 글씨체가 마음에 들지 않아 컴퓨터로 쓰고 싶었으며, 조카가 스케치북을 가지고 와 그림을 그려달라고 하면 한참을 망설였다. 지우고 지워도 내 삶은 디지털처럼 정확해질 수 없다는 사실은 누군가 몰래 살포해놓은 독가스처럼 자존감의 숨통을 서서히 조여왔다.

거의 숨이 오락가락할 때쯤이었던 것 같다. 어느 날 힘없이 퇴근을 하다가 축 처진 목을 들어 노을이 지는 하늘을 올려다보았다. 울긋불긋한 여러 색의 구름들이 이리저리 섞여 있고 철새들이 우르르 날아 붉은 해를 가렸다. 이런 장면을 휴대폰으로 촬영했다면 분명 지웠을 것이다. 포토샵 팔레트 순도 100퍼센트처럼 맑지도 않고 장애물까지 있었으니까. 그런데 왠지 너무나 아름답게 느껴졌다. 하나도 지우고 수정할 것 없이 그 자체로 황홀했다.

그날 이후 깨달았다. 디지털 언어로 번역된 모습은 정확한 것이지 완벽한 것이 아니라는 사실을. 오히려 부정확하고 인간다운 현실의 모든 것들이 자연을 닮아 완벽에 가깝다는 것을 말이다. 내가 진정으로 닮고 싶었던 건 디지털화된 내가 아니라 있는 그대로의 나였다. 서툴고 정확하지 않아도 인간답고 자연스러운 나, 그래서 아름답고 완벽한 나.

　다음 날 출근길, 가방에 작은 수첩과 펜 하나를 챙겼다. '휴대폰에 무언가 담고 싶다는 생각이 들면 수첩을 꺼내 망설이지 않고 자유롭게 기록해보리라' 다짐하면서. 삐뚤빼뚤 정확하지 않더라도 있는 그대로의 나를 표현하는 연습을 해나가고 싶었다.

　지하철 안에서 문득 좋은 문구가 떠올랐다. 하지만 선뜻 수첩을 꺼낼 용기가 나지 않았다. 휴대폰만 보고 있는 사람들 사이에 앉아 펜으로 글을 쓴다는 건, 마치 레스토랑에서 된장찌개를 주문하는 것처럼 어색한 행동 같았다. 하지만 이대로 포기하면 다시 휴대폰 세상에 갇혀 휴대폰의 언어로만 나를 바라보게 될 것이다. 그럴 순 없었다. 곧 마음을 고쳐먹고 수첩과 펜을 꺼내 글을 쓰고 그림을 그렸다. 옆에 앉은 남자가 내 수첩을 흘끗 본 듯했으나 그것은 그 남자의 휴대폰 화면을 그 옆에 앉은 또 다른 사람이 보는 것과 다를 바가 없었다.

　한 번 용기 내는 게 어렵지 두 번부터는 쉽다고, 그 후 나는 어디서든 수첩을 수시로 꺼냈다. 전화하는 동안 사랑하는 이가 두근거리는 말을 했을 때, 영화 속에서 멋진 명언을 발견했을 때, 시를 읽으며 눈물이 흐를 때, 마음을 울리는 가사 한 소절을 들었을 때, 친구와 싸우고 서로 화해했을 때, 다시 오지 않을 올해의 가을을 담아두고 싶을 때….

누군가 내 수첩을 본다면 휘갈겨 쓴 글자와 졸려서 흘린 침 자국, 엉뚱한 그림까지 있으니 못생겼다고 할 수도 있을 것이다. 하지만 나는 왠지 이 수첩이 어제 사진관에서 나조차 알아보지 못할 정도로 또렷하고 반듯하게 수정해준 내 여권 사진보다 예쁜 것같이 느껴진다. 이게 진짜 나이고, 내 인생이니 말이다.

앞으로도 '정확하지 않아도 인간답고 자연스러운 나', 그 자체로 살아갈 용기와 사랑을 품고 싶다. 그래서 인생의 매 순간, 자연의 경관처럼 아름답고 완벽한 나와 함께 황홀한 장면들을 바라보며 살아가고 싶다.

검색 말고 경험

하루에도 여러 번 정보를 검색하려고 포털사이트를 켠다. 물건의 사용 후기 같은 가벼운 정보부터 의학적인 지식까지 인터넷엔 없는 게 없다. 또 작고 개인적인 이슈든 크고 사회적인 사건이든 인터넷에 게시되면 모두가 실시간으로 기사를 볼 수 있다. 대중들의 의견 교환은 점점 더 활발해지고 기자와 광고주는 더 빠르게 세상을 포착한다. 이처럼 인터넷의 효용은 반박 불가할 정도로 대단하다.

하지만 문제는 언제나 어떤 것에 맹신할 정도로 길들여지는 데 있다. 아이러니하게도 내가 인터넷을 맹신하고 있다는 걸 깨달은 곳은 한 병원의 진료실 안이었다. 전날 이미 인터넷으로 검색해봐서 증상의 원인을 어느정도 추측하고 있었던 나는 근심 가득한 얼굴로 의사에게 물었다.

"선생님, 이 정도로 쓰리면 위궤양이나 위암인 걸까요? 내시경을 해보고 싶어요."그랬더니 의사가 당황해하며 물었다.

"인터넷으로 뭘 보신 거죠?"

"아니, 좀 찾아봤는데 저랑 비슷한 증상인 분들이 위암이었다고 하더라고요."내 말이 끝나자마자 의사가 눈썹을 추켜올리며 말했다.

"환자분, 인터넷에 나와 있는 거 다 믿으세요? 진료는 전문가에게 받고 판단하셔야죠. 지금 환자분 나이나 증상으로 봐서는 내시경을 안 해봐도 될 가능성이 큽니다. 혹시 친구들 중에 위암에 걸린 사람 있나요?"

나는 고개를 절레절레 흔들었다.

그럼에도 불구하고 결국 나는 의사에게 내시경을 해달라고 했고, 두꺼운 호스가 내 위를 지나 십이지장으로 들어가는 사이 눈물과 콧물, 침을 있는 대로 다 쏟아내며 스스로에게 내가 인터넷 맹신자임을 입증시켰다. 잠시 뒤 의사는 내게 분홍빛 위 사진을 보여주며 담담하게 말했다.

"거 봐요. 위 깨끗~ 합니다."

인터넷에 존재하는 방대한 정보에는 옳은 것도 있고 틀린 것도 있다. 하지만 아직까지 인터넷은 정보만을 제공할 뿐 개개인의 상황에 맞는 정확한 정보를 골라주진 않는다. 그 많은 정보 안에서 내게 맞는 것을 찾는 건 우리에게 달려 있는데, 문제는 우리가 그것을 판단할 능력이 완벽하지 않다는 것이다. 후기를 보고 맛집이다 싶어서 찾아갔는데 맛집은커녕 최악이었을 땐 감수할 수 있다고 해도 인터넷만 보고 위염을 위암이라고, 반대로 위암을 위염이라고 판단하면 문제가 된다.

자신의 일이 아닌 타인의 일을 판단하는 경우도 인터넷을 맹신하면 더없이 위험하다. 인터넷에 올라오는 글에는 수많은 댓글이 달린다. 쭉 읽다 보면 좋은 의미의 댓글이든, 나쁜 의미의 댓글이든 어떻게 저렇게 판단하고 썼을까 하는 궁금증이 생긴다. 기자가 사실적인 정보만을 쓴 기사라고 하더라도 댓글을 다는 사람들은 그 글에 등장하는 당사자도 아니고, 그 상황에 놓여보지도 않았으면서 어떻게 글만 읽고 자신 있게 판단하고 평가할 수 있단 말인가? 혹시 자신도 모르게 작은 모니터 창에 올라온 정보들이 내가 이렇다 저렇다 타인의 삶을 재단해도 될 정도로 믿을 만한 진실이라고 맹신하고 있는 건 아닐까?

나는 언제나 잊지 않으려고 노력한다. 세상을 다 품은 듯한 인터넷은 사실, 우리가 만든 하나의 '도구'일 뿐이라는 걸. 인터넷의 바다에서 허우적거리며 인생을 가라앉게 하지 않으려면 결국 내 두 팔과 두 다리를 힘차게 움직여 스스로 판단하고 나아가야 한다는 것을.

여행을 계획할 때도 인터넷은 없어서는 안 되는 도구다. 특히 나는 엑셀에 시간을 분 단위로 적어 여행을 계획하는 사람이라 인터넷 없이 여행을 간다는 건 상상도 못할 일이었다. 하지만 요즘은 조금 다른 방식으로 여행을 계획하고 있다. 만약 2박 3일 여행이라면 하루쯤은 인터넷 검색 없이 하고 싶은 일, 먹고 싶은 것만 정해 현장에서 직접 움직여보는 것이다. 처음엔 이런 방식이 상당히 걱정됐다. 검색하지 않고 찾아간 곳에서 시간만 낭비할 것 같았고 느낌만으로 선택해 들어간 식당의 음식 맛은 최악일 것 같았다.

그런데 놀랍게도 이런 여행을 하면 할수록 늘 내 예상은 빗나갔다. 인터넷 없이 가고 싶은 곳을 찾기 위해선 지역 주민들에게 용기 내어 길을 물어야 했고, 자연스레 그 지역과 지역민들의 일상에 대해 더 잘 알 수 있게 됐다. 한번은 슈퍼마켓 앞에 앉아 계신 할머니께 자주 가시는 목욕탕이 어디냐고 물었더니 대뜸 같이 가자며 목욕용품을 챙겨 목욕탕에 가서 내 등을 밀어주고 급기야 본인의 집에서 저녁까지 대접해주신 일이 있었다. 또 언젠가는 유명 맛집에서 혼자라고 식사를 거부당했는데, 다음 날 우연히 들어간 백반집에선 1인분이라고는 믿기지 않을 정도로 한 상 거하게 차려주어 기분 좋게 배불리 먹었던 적도 있다. 포털사이트 상위에 검색된 명소와 맛집만 갔었더라면 인생샷과 평 좋은 음식은 건질 수 있었을지라도, 이렇듯 마음까지 푸근해지는 여행은 하지 못했을 것이다.

물론 물어물어 찾아간 곳에서 특별한 에피소드가 없었다거나 음식 맛이 별로였던 적도 있었다. 하지만 그렇다 하더라도 이상하게 여행지에서 돌아와 회상을 하면 그게 좋았든 별로였든 내가 직접 찾고 경험했던 것들이 더 진한 그리움으로 남았다. 어릴 적 엄마가 시키는 대로 놀이터에서만 놀다 친구들끼리 몰래 뒷동산으로 모험을 떠나 나무를 기어오르느라 무릎이 다 까져 돌아온 날 밤, 가슴 깊은 곳에서부터 느껴지던 두근거리는 설렘과 비슷한 느낌이었다. 누군가의 도움에 이끌리지 않고 내 두 발로 나아가며 받은 에너지가 나를 더 크고 단단하게 성장시켜주었다.

매일 아침 신발끈을 꽉 묶으며 다짐한다. 디지털 기기를 도구로써 유용하게 사용하되 디지털 세상의 안경을 끼고 쉽게 나 자신을 판단하지도, 누군가를 재단하지도 않겠노라고. 더 이상 우리의 무한한 가능성을, 디지털 세상에 가두지 않겠노라고….

02
—
자연이 알려주는
Analog Wisdom

참된 자신감을 심어주는 아날로그

디지털 사회에서 자신감의 근거라고 생각해왔던 능력들
컴퓨터 앞에서 데이터와 씨름하는 능력
숫자와 체계로 관리 감독하는 능력
그에 따른 적절한 보수는
사회적인 직업을 포기하면, 모두 물거품처럼 사라질 것들이었습니다.

그러니 아무리 마음이
다른 꿈을 향해 있어도 선택할 자신이 없었고
직장과 사회가 불공정해도 소리칠 용기가 없었습니다.

더 이상 사회가 내리는 가치 판단에
좌우지되어 혼란에 빠지고 싶지 않았습니다.

직접 몸으로 체험하는 아날로그적 경험을 통해 진실한 가치를 찾고
어느 곳에 가서든, 어떤 선택을 하든 삶을 영위할 수 있는
삶 자체에 대한 근본적인 자신감을 갖고 싶었습니다.

그래서 그해 겨울, 저는

삶의 근원지인 갈색 땅 위에
스스로를 심기로 결심했습니다.

텃밭에 나를 심었다

내가 텃밭을 직접 일궈보기로 결심한 것은 식물을 기르는 데 큰 관심이 있다거나, 채소나 과일을 좋아해서가 아니었다. 그보다는 더 직관적이고 본능적인 이유 때문이었다.

내 안에 삶에 대한 생존력을 키워 원하는 대로 살아갈 자신감을 갖고 싶었다. 석기시대도 아니고 무슨 생존력이냐며 의아해할 수도 있지만 당시 내 세상은 석기시대나 다름없었다.

나는 10년 차 에디터라는 경력의 옷만 걸친 채 아무런 능력도 갖추지 못한 호모 사피엔스였다. 믿을 수 있는 건 경력소개서에 쌓여가는 이력밖에 없다는 위압감은 높은 힐과 명품 백으로는 가려지지 않았다.

에디터라는 직업이 없어진다면, 내가 나 자신을 괜찮은 사람으로 평가할 수 있을지도 의문이었다. 그동안 자신감의 근거라고 여겨왔던 능력들, 이를테면 적절한 보수, 컴퓨터 앞에서 데이터와 씨름하는 능력, 팀원들을 관리 감독하는 능력 등은 에디터라는 옷을 벗으면 물거품처럼 사라져버릴 것이었다. 이외에 물리적·정신적 생존이나 가치 실현을 위한 능력은 전무했다.

그러니 아무리 마음이 다른 곳을 향하고 다른 꿈을 꾸길 원한다 해도 선뜻 선택할 자신이 없었고, 직장과 사회에서 불공정한 대우를 받아도 용기 내어 소리치지 못했다. 나는 자유롭고 진실한 마음으로 삶을 마주할 자신이 없었다.

자유민주주의 사회에 살고 있지만 실제로 자유란 돈 많은 사람들의 권리 같다고 느껴질 때쯤, 자연 속에 들어가 사는 사람들이 나오는 한 방송을 보게 됐다. 그들 중에는 젊은 시절 회사에서 고위직으로 일하며 힘듦을 겪었던 사람들이 꽤 많았는데, 신기하게도 대부분이 산으로 들어가 자급자족하는 생활을 하자 건강도 호전되고 삶의 자유도 찾았다고 했다.

예전처럼 돈이 많지도 화려한 직업을 가지고 있지도 않지만 직접 불을 지펴 끼니를 해 먹고, 텃밭을 가꾸고, 집을 고치는 그들의 행동 하나하나엔 자신감이 흘러넘쳤다. 그건 어느 곳에 있든 어떤 선택을 하든 삶을 오롯이 영위할 수 있다는 삶 자체에 대한 근본적인 자신감이었다.

내가 텃밭을 시작하기로 결심한 이유도 그런 힘을 갖고 싶어서였다. 자연인들처럼 산속에 들어간다거나 농사를 지으며 살겠다는 건 아니지만 세상이 정해준 틀에 속박되어 전기가 뚝 끊기면 아무것도 하지 못하는 삶이 아닌, 언제든 불을 밝혀 내가 원하는 길로 저벅저벅 나아갈 수 있는 내면의 힘을 기르고 싶었다.

영화 〈리틀 포레스트(リトル・フォレスト)〉(2014)에서는 도시로 상경했다가 다시 고향으로 내려온 유우타라는 인물이 왜 돌아왔냐는 주인공 이치코의 물음에 이렇게 답한다.

"자신이 몸으로 직접 체험해서 그 과정에서 느끼고 생각하며 배운 것. 진짜 말할 수 있는 건 그런 거잖아. 그런 걸 많이 가진 사람을 존경하고 믿어. 아무것도 한 게 없는 주제에 뭐든 아는 체하고 남이 만든 걸 옮기기만 하는 놈일수록 잘난 척해. 천박한 인간이 하는 멍청한 말 듣는 데 질렸어.

난 말이야, 남이 자길 죽이는 걸 알면서 내버려두는 그런 인생을 살고 싶진 않았어. 여기를 나가서 처음으로 코모리 사람들을, 우리 부모님을 존경하게 되었어. 참말을 할 수 있는 삶을 사셨구나 하고."

– 〈리틀 포레스트(リトル・フォレスト)〉(2014) 중에서

나도 유우타의 말에 공감한다. 사회가 내리는 가치 판단에 좌지우지되어 혼란에 빠지지 않고, 내가 직접 몸으로 체험하는 아날로그적 경험을 쌓아 참되고 정직한 삶을 살아가고 싶다. 이런 야심 찬

마음으로 어느 겨울, 나는 텃밭에 나를 심기로 결심했다. 그러나 10년간 모니터 속 데이터만 읽어온 이 어리숙한 여자를 자연이 받아주기는 할지, 어떤 고난과 역경이 기다리고 있을지 이런저런 걱정이 앞섰다.

그때 농장주로부터 텃밭 신청이 완료됐다는 알림 문자를 받았다. 순간 자연이 내 삶에 노크를 한 것 같았다. 이미 저지른 일, 그렇게 나는 떨리는 마음으로 봄의 문을 열었다.

인생 뒤집기

정신상담 같은 건 평생 받을 일이 없을 줄 알았다. 그런데 다 큰 서른넷의 어른이 되어 나는 다섯 평 규모의 작은 상담실에 앉아 있었다. 상담사가 내게 검사 결과지를 보여주며 말했다. "정신적으로 많이 힘든 상태네요. 우울증과 예기불안도 있고 분노조절장애 초기 증상도 나타나고 있어요." 내가 체크한 검사지를 보니 '갑자기 무언가를 부수고 싶다'란 항목에 빨간 별이 세 개나 그려져 있었다.

나는 원래 화가 나는 상황에서도 쉽게 이성을 잃지 않는 사람이었다. 하지만 최근 들어 달라져 있었다. 조금이라도 불쾌한 상황이 생기면 생판 모르는 사람에게도 버럭 화를 냈고, 잘 있다가도 갑자기 포효하는 늑대처럼 소리를 지르며 울기도 했다. 그리고 나면 속이 잠잠해졌는데 실제론 그저 힘이 빠져 씩씩대는 것뿐이었다.

"억울한 게 많으세요?" 상담사가 물었다. 순간 당황해서 말문이 막혔지만 속으로는 이렇게 외치고 있었다. '억울한 게 많으냐고? 나는 억울하지 않다. 아니, 억울하다! 억울하지만 억울하고 싶지 않다. 괜찮지 않지만, 괜찮고 싶다. 항상 정상 범주에 속하고 싶다.' 쉽사리 답을 못하는 내게 상담사가 말했다. "보통 이런 증상은 오래전부터 천천히 발생해서 마음속에 쌓여 있다가 삶의 불편한 변화를 계기로 터져 나오는 경우가 많아요. 과거와 현재를 함께 살펴봐야겠는데요?"

그러고 보니 나는 항상 내 안에 답답한 무언가를 담고 살고 있었다. 그로 인해 마음 깊은 곳에 무력감과 우울감, 불안과 분노가 쌓여 요동치곤 했지만 이내 사회가 시키는 대로 안주하는 삶을 살다 보면 쉽게 가라앉아버렸다. 그건 다른 말로, 외면과 방관이었다.

하지만 이렇게 상담실까지 내 두 발로 찾아간 이유를 나 자신도 알고 있었다. 묻어두기 바빴던 내 안의 상처와 회피해온 현재의 마음을 마주해야만 세상에 이끌리는 삶이 아닌, 내가 진실로 원하는 삶을 살아갈 용기를 얻을 수 있을 거란 것을.

상담과 함께 시작한 집 인근 10평 규모의 텃밭은 그리 크지도 작지도 않은 딱 내 마음의 크기 같았다. 황량한 흙더미를 바라보고 있으니 정말 이런 곳에서 생명이 움트고 자라나기나 할까 의문이 들었다. 그때 농장주가 멍하니 서 있는 내 옆에 비료와 삽을 두며 말했다. "여기 비료 두 포대, 알 비료 두 봉지! 흙 우선 다 뒤집고 비료 골고루 섞으면 돼요! 좀 힘들 거예요!" 꽤 비싼 경작료를 지불했는데 땅 고르는 일부터 해야 한다니 괜히 억울한 기분이 들었지만 텃밭의 규칙이 그렇다면 어쩔 수 없는 일. 나는 '10평밖에 안 되는데 뭐가 힘들겠어?'라고 생각하며 삽을 불끈 들어 올렸다. '헉!' 삽의 무게부터 상당했다. 그러나 기죽지 않고 흙에 삽을 내리꽂았다. 그러곤 어디선가 본 것처럼 한 발로 삽을 눌러 깊숙이 꽂고 몸의 무게로 흙을 퍼 올렸다. 성공! 단 한 번의 성공.

두 차례 세 차례 삽질이 늘어날수록 그제야 나는 10평의 땅이 대단히 넓다는 것을 실감할 수 있었다. 바람이 찬 3월인데도 땀이 비 오듯 쏟아졌고 등과 어깨는 뻐근해졌다. 저절로 곡소리가 흘러나왔다. 그렇게 한참 정신없이 일하던 중이었는데 문득, 머릿속에 상담사의 물음이 떠올랐다.

'억울한 게 많으세요…?'

그러자 갑자기 단전부터 알 수 없는 분노가 치밀어 올랐다. 그 순간 흙덩이들이 여기저기 사방으로 튀어 오르며 내 몸이 헐크(?)처럼 변하기 시작했다. 더 이상 나를 말릴 자는 없었다. 마음속 깊이 박혀 있었던 '왕따, 직장 내 괴롭힘, 인간관계에서의 실망, 쓰라린 이별,

갑작스러운 사고' 같은 과거의 상처들과 변화되길 원하지만 나아가지 못하는 현재의 갈등들이 뜨거운 땀방울에 섞여 세상으로 튀어 올랐다. 불과 몇 시간의 삽질이 단단히 굳어 있던 땅과 더불어 30여 년의 내 인생마저 뒤집는 계기가 된 것이다.

머리가 지끈지끈하고 온몸이 터질 듯 뜨거워졌다. 다리에 힘이 풀린 나는 울퉁불퉁한 흙더미 위에 풀썩 주저앉았다. 그때 갑자기 예상치 못한 눈물이 주룩주룩 주체할 수 없이 쏟아졌다. 그렇게 나는 일그러진 얼굴을 모자로 가린 채 엉망인 텃밭 위에서 한참을 울었다. 달아오른 마음 위에 3월의 바람이 살랑였다.

일종의, 위로 같았다.

감자와 고구마 중
더 가치 있는 것은?

3월 중순, 텃밭에 처음으로 심는 건 감자다. 감자는 봄에 심어 여름 장마가 오기 전에 캔다. 다른 작물들은 보통 씨앗이나 모종을 심지만 감자는 겉 표면에 싹이 난 씨감자를 심는다.

텃밭을 시작하고 얼마 되지 않아 농장주에게 주문한 씨감자를 받았다. 울룩불룩한 모양에 싹까지 돋아나서 어떤 것은 작은 괴물(?) 같았다. 나는 농장주가 일러준 대로 싹이 난 부분을 위로 향하게 해 두세 조각으로 잘라 땅에 푹푹 심었다. 첫 작물이라 어느 정도 기대하긴 했지만 감자를 좋아하는 편이 아니라 그다지 신경 쓰지 않았던 것 같다. 그런데 가만히 못생긴 감자를 보고 있자니 내 어린 시절이 떠올랐다.

나는 어릴 때부터 가족들에게 매끈한 고구마가 아닌 싹이 난 못생긴 감자였다. 부모님은 가끔 다른 사람들에게 우리 자매를 설명할 때 나는 내성적이고 예민한 아이, 언니는 외향적이고 털털한 아이라고 했다. 이런 일이 여러 번 계속되면서 어느 순간부터 알게 된 것 같다. 그 말을 한 후 고개를 절레절레 흔드는 엄마의 모습과 사람들의 웃음소리 대부분이 언니가 아닌 나를 향해 있었다는 걸. 처음엔 물음표로 시작했지만 혼자 있는 방에 오면 마음에 먹구름이 가득 찼다. '우리 가족이 나를 내성적이고 예민하다고 한다. 나는 내성적이고 예민한 아이다. 내성적이고 예민한 사람은 웃음거리가 된다. 나는 부족한 사람이다⋯.' 그렇게 뜬눈으로 밤을 보낸 어린아이는 자기 마음속에 자존감이란 뿌리가 더 이상 자라지 않고 있다는 것을 알지 못했다.

성장하는 내내 나는 스스로의 성격을 부정하며 외향적인 사람으로 바꾸어보려고 부단히 노력했다. 반장을 자진해 도맡아 하고, 일부러 유쾌한 친구들과 어울리며 그들의 모습을 닮으려고 했다. 하지만 아무리 노력해도 정신을 차려보면 나는 케이크를 얼굴에 묻혀가며 신나게 노는 친구들 사이에 멍하니 서 있는, 결국 내성적인 사람이었다.

이번 상담에 가서는 500개가 넘는 문항에 답을 하는 심리검사를 받았다. 상담사는 거짓으로 체크하면 결과에 다 나타나게 된다며 되도록 고민하지 말고 직관적으로 답해보라고 했다.

오랜 시간 동안 꽤 힘겹게 검사를 마친 뒤 결과지를 받았다. 상담사는 이 검사를 통해 나의 '기질'과 '성격'을 파악할 수 있다고 했다. 그리고 기질은 태어날 때부터 가지고 있는 성향이라 쉽게 변하지 않는 반면, 성격은 성장하면서 환경에 의해 형성되는 것이라 변할 수 있다고 설명해주었다.

결과지에서 내 기질은 너무도 또렷하게 내성적이며 감수성이 풍부한 쪽을 향해 있었다. 힘이 쭉 빠졌다. '역시 나는 태어날 때부터 열성 유전자를 타고났구나' 하고….

"저는 내성적인 게 너무 싫었어요. 그래서 활발한 사람들과 있으면 늘 위축됐고 제가 그들보다 부족하고 가치 없는 사람이라고 느꼈죠." 이 말을 뱉고 나니 갑자기 30년 넘은 한이 복받쳐 올라 눈물이 흘렀다. 그러나 상담사는 전혀 당황하지 않고 부처 같은 얼굴로 나를 바라보며 물었다.

"지혜 씨, 우라늄과 다이아몬드 중 어떤 것이 더 가치 있을까요?"
"글쎄요, 다이아몬드… 아닐까요?"

내가 당황해하자 상담사가 말을 이었다. "과연 다이아몬드일까요? 물론 다이아몬드는 우라늄보다 비싸지만 그렇다고 더 가치 있다고 말할 순 없어요. 우라늄은 잘못 쓰이면 무서운 무기가 될 수 있지만 잘 쓰이면 생활 곳곳에 없어서는 안 될 매우 유용한 재료가 되죠. 다이아몬드보다 더요. 타고난 기질이 어떻든 절대로 부족하거나 가치 없는 사람이 아니에요. 당신은 그 자체로 이 세상에 꼭 필요한 사람이에요."상담사의 말이 끝나자 나는 역대 죄인이 된 것 같은 표정으로(맙소사) 엉엉 울어버렸다. 나 자체로 세상을 비출 수 있는 부분이 언제나 존재한다는 말은 그동안 살면서 너무나 듣고 싶었던 따뜻한 위로였다.

그 후 상담사는 내 성격이 소심하고 예민한 것이 아닌, 감성적이고 섬세한 것이니 외향적이고 털털한 사람들이 자신의 성격이 좋다고 으스대며 '마르고 예민한 사람은 건강하지 못해 일찍 죽는다' 같은 근거 없는 말을 하더라도 휘둘리지 말고 그들에겐 없는 내 강점에 주목하라고 조언해주었다.

감자를 대충 땅에 꾹꾹 심어놓은 후 2주가 흘렀다. 오랜만에 와본 텃밭 앞에서 나는 멈칫했다. 푯말을 보니 분명 내 텃밭이 맞는데 그곳에 난생처음 본 푸릇한 식물이 한 아름 자라 있었다. 자세히 보니 2주 전에 심어놓은 울퉁불퉁한 씨감자가 자라난 것이었다. 어느 것은 어여쁜 분홍색 꽃도 달고 있었다. 고구마보다 못생겼다고 무시했던 감자가 이렇게 아름다운 식물이었을 줄이야! 나는 감탄하고 또 감탄했다.

"기질이 어떻든 절대 부족하거나 가치 없는 사람이 아니에요. 당신은 당신 자체로 이 세상에 꼭 필요한 사람이에요."상담사가 해준 말이 떠올랐다.

매끈한 고구마처럼 보기 좋고 두루두루 잘 어울리는 성격을 가진 사람이 울퉁불퉁한 감자처럼 감성적이고 섬세한 사람보다 더 좋은 사람이라고 생각할 수도 있을 것이다. 하지만 감자를 직접 길러본 사람이라면 더 이상 그렇게 말하지 못하리. 감성적이고 섬세한 사람이 가진 아름다움은 그 자체로 너무나 푸르고 싱그럽다. 이 세상에 없어서는 안 될 유용한 우라늄과 포근포근 맛 좋은 감자처럼.

내년에도 감자를 심어야지 싶다. 그땐 씨감자에게 꼭 말해줘야지. "너 괴물이 아니라 보물이었구나!"라고.

멋진 왕따 주키니 호박

이 세상에 존재하는 작물 중 가장 자존감이 높은 건 아마도 주키니 호박이지 않을까 싶다. 밭에 한창 모종을 심기 시작하는 4월, 농약사 삼촌에게 이것저것 심을 만한 것을 달라고 했더니 봉투에 상추, 고추, 토마토, 가지 등을 담곤 마지막에 서비스라며 작은 모종 하나를 떼어 줬다. 바쁘신 것 같아 "고맙습니다!" 하고만 가져와 정체 모를 생명을 텃밭 앞자리에 떡하니 심어놨는데, 며칠 후 살펴보니 녀석이 개구리 발같이 생긴 잎을 두세 가닥 내보이며 존재감을 드러내고 있었다. 그때까지는 그저 귀여울 뿐이었으나 하루가 다르게 쑥쑥 성장하더니 개구리 발 같던 잎이 어느새 공룡 발(?)만큼 거대해졌다.

한 주가 지난 뒤 어딘가 익숙한 모양의 노란 꽃이 피어나자 비로소 나는 녀석이 호박이라는 걸 알아챌 수 있었다. 그 후 단순히 마트에서 쉽게 보는 애호박이려니 하고 있었는데, 옆을 지나가던 농장주가 말하길 중국집에서 자주 사용하는 주키니 호박이라는 것이다. 주키니 호박? 낯설었다. 주위에 심어놓은 가지와 고추, 토마토 같은 익숙한 작물들도 주키니 호박이 신기한 듯 녀석을 둘러싸고 수군대고 있는 듯했다.

학창 시절 내게는 주키니 호박같이 홀로 견뎌야 하는 날들이 있었다. 그것이 따돌림이고 왕따라는 건 누가 말해주지 않아도 내가 다가가면 어색해지는 공기와 수군거리는 소리로 알 수 있었다.

어느 날 쉬는 시간에 복도를 지나가는데 옆 반에서 '쾅!' 하는 굉음이 들렸다. 우리 반 아이들이 놀라서 복도로 뛰어나왔고 모두 함께 옆 반 뒷문의 작은 창이 깨진 걸 발견했다. 놀란 학생들은 웅성웅성하며 모여 있었다. 그때 누군가 뒤에서 내 이름을 부르며 물었다.

"네가 복도에 있었잖아. 넌 봤지? 저거 누가 그런 거야?" 모든 아이들이 나를 쳐다보았다. "누군지는 모르겠어. 어떤 애가 들어가자마자 소리가 났어." 나는 당시 본 그대로 대답했다. 그때는 그 말이 화근이 될 줄 꿈에도 몰랐으니까.

내 대답은 뒤에 있는 사람에게 옮겨지고 옆 사람에 옮겨져 순식간에 꼬리에 꼬리를 물고 퍼졌고 자취를 감춘 범인과 옆 반 학생들의 귀에까지 들어갔다. 다음 날, 학교에 갔는데 분위기가 이상했다.

내가 복도를 지나가자 학생들이 수군거렸고, 자리에 앉으니 주위가 순식간에 조용해졌다. 나는 졸지에 범인보다 못한 나쁜 년이 되어 있었다.

학년이 바뀔 때쯤 "네가 불쌍해서 놀아주는 거야"라고 말했던 친구에게서 그때의 일에 대해 좀 더 들을 수 있었다. 사고가 났던 당시에 내가 했던 말이 와전되어 '지혜라는 애가 우리 반이 잘못해서 그런 거라고 했다더라'로 되었고 그 반 전체 학생들이 나를 욕하면서 우리 반 학생들까지 나를 싫어하게 되었다는 걸 말이다. 나는 그런 아이들의 행동이 내게 어떤 영향을 끼치는지도 모른 채 차가운 시선을 되돌려보려 애써 웃음 짓던 어린아이였다.

첫 직장에서도 관계의 어려움을 겪었다. 회사는 경력직이 일이 힘들다고 퇴사한 자리에 이제 갓 대학을 졸업한 사회초년생 신입인 나를 앉혔다. 아무래도 아직 업무가 미숙해서 우리 부서뿐만 아니라 타 부서 직원들의 협조가 필요한 상황이었다. 그건 내 일을 도와달라는 게 아니라 혹시라도 일에 실수가 생기면 초보 운전자를 바라보듯 조금은 이해해달라는 부탁이었다. 처음 차를 몰고 나온 운전자는 자신의 앞길만 보고 달리는 것도 버거워 옆 차선의 차를 놀라게 할 수 있으니 말이다.

어느 날 나는 일을 잘못한 것은 아니지만 고의가 아니게 한 상사의 권력에 흠집을 내는 행동을 하게 됐다. 직장에서 권력을 내세워

일을 좌지우지한다는 것 자체가 잘못된 일이지만, 그 회사는 그런 것이 허용되는 분위기였다. 뭐가 잘못된 것인지도 구분할 수 없었던 신입은 비상등을 켜며 '죄송합니다. 더 노력하겠습니다'라고 거듭 사과를 했다.

하지만 화가 잔뜩 난 상사는 엑셀을 밟으며 나를 위협하기 시작했다. 그 위협이란 점심시간에 다른 직원들을 모아놓고 나를 신나게 험담하는 것이었다. 분명 일대일로 대화하며 진지하게 사과를 했는데도 험담은 날이 갈수록 퍼져갔다. 회사 안에는 그 상사의 편인 사람들과 아닌 소수의 사람들이 존재했고, 상사의 편이 되어 험담에 끼지 않는다면 회사를 다니는 게 힘들 정도였다.

사실 왕따나 직장 내 괴롭힘을 당하면서 가장 힘들었던 건, 어울릴 사람이 없고 누군가 나를 매일 욕한다는 사실을 알고 있는 것이 아니었다. 그보다는 그들이 독극물처럼 내게 주입하려는 '왕따당하는 사람은 다 이유가 있다'라는 목소리로부터 나를 지켜내는 것이 훨씬 힘들었다.

한 그룹에서 나를 제외한 모든 사람이 나를 싫어하는 상황이라면 누구라도 '내가 옳고, 그들이 틀렸을 수도 있다'라고 생각하기란 쉽지 않다. 첫째 날은 권력이 센 한 명에게 밉보이고, 둘째 날엔 그 옆에 앉은 사람이 나를 싫어하다가, 며칠 뒤엔 모두가 '걔가 그러는데 네가 틀렸대'라고 말한다. 그럼 대부분의 사람들은 누가 틀리고 누가 맞는지 모른 채 무리에서 쫓겨나지 않기 위해 말 그대로 그냥 그 사람을 싫어하기 시작한다. 이런 상황에 놓인 혼자인 사람은 판단력을 잃고 일명 가스라이팅을 당하며 스스로가 틀렸다고 판단해버리기 쉬운 것이다.

지금도 가끔 뉴스에서 학교폭력이나 직장 내 괴롭힘을 당한 사람들이 극단적인 선택을 했다는 기사를 본다. 그럴 때면 아직도 이 세상에 정의보다는 비겁을 선택하며 무리에 속해 살아남길 바라는 사람들이 많다는 것이 참 안타깝다.

낯선 주키니 호박은 비록 혼자였지만 앞에 심어놓은 가지 무리와 뒤에 뿌려놓은 열무 대가족에게 밀리지 않고 자신의 자리를 지키며 당당하게 자라고 있었다. 그 모습이 얼마나 멋지던지 나는 주키니 호박에게 '주키니 왕'이라는 별명까지 붙여주었다.

주키니 호박은 그 어떤 가스라이팅에도 흔들리지 않고 당당히 성장한 멋진 왕따다. 자신을 싫어하는 힘센 녀석과 쿨하게 대화를 시도해본 뒤 그래도 그와 그의 무리가 어리석게 행동한다면 "야, 이 어리석고 비겁한 것들아. 너희가 다 틀리고 내가 맞다!"라고 생각하며 당당하게 살아갈 수 있는 멋진 왕인 것이다.

텃밭 일을 마치고 팔뚝만 하게 자라난 주키니를 여러 개 수확해왔다. 톡톡톡 채 썰어 넣고 부침개를 만드니 세상만사! 달콤하고 옳은 맛이 입안 가득 차올랐다.

떡잎부터 다르지 않아도

어린 시절 아버지와 함께 바이올린에 천부적인 재능을 가진 아이에 대한 다큐멘터리를 본 적이 있었다. 그때 아버지는 이렇게 말씀하셨다. "역시 될성부른 나무는 떡잎부터 달라." 어린 나는 그게 무슨 뜻인지 잘 몰랐다. 후에 그 말을 국어책에서 발견했을 즈음, 또 아버지와 우연히 이번엔 수학 천재에 대한 방송을 보게 됐다. 그때도 아버지는 말씀하셨다. "그렇지! 될성부른 나무는 떡잎부터 다르다니까." 그런데 이번엔 뜻을 알고 들으니 왠지 기분이 이상했다. 아버지가 내게 "넌 떡잎부터 다르지 않은 평범한 아이야"라고 말씀하시진 않았지만, 텔레비전 속 아이들과 나 사이에 선을 긋는 느낌이 들었기 때문이다. 그도 그럴 것이 아버지는 내가 일명 떡잎부터 다르다고 하는 애들이 주로 도전하는 것들을 해보려고 하면 "어휴, 그거 힘들다. 어떻게 해. 그냥 하지 마"라고 말씀하시곤 했다. 물론 실패할 가능성이 많은 일이라 딸이 고생할까 봐 걱정되어 그랬다는 건 알았지만 "그런 건 재능 있는 애들이나 하는 거야"라는 말씀을 덧붙이시니 힘이 쭉 빠졌던 것이다. 그렇게 나는 될성부른 나무와는 거리가 먼 '약한 떡잎'이라고 스스로를 단정 지으며 자랐다.

얼마 전 어린 자녀를 둔 친구를 만나 대화를 나누던 중이었다. 친구는 아이가 나중에 훌륭한 사람이 될 수도 있는데, 자신이 지원을 잘 못해줘서 앞길을 막으면 어쩌나 싶어 걱정하고 있었다. 아직 돌도 지나지 않은 아기를 두고 너무 심각하게 생각하는 거 아닌가 싶었지만 그런 생각을 갖고 있다는 것 자체가 놀라웠다.

나는 친구에게 이렇게 말했다. "부모의 지원이라는 것이 환경이나 금전적인 부분도 크지만, 무엇보다 심리적인 지원이 가장 큰 영향을 준다고 생각해. 아무리 아이가 터무니없어 보이는 꿈을 꾼다고 해도 실패가 지속되어 과하게 고생하지 않는다면, 아이 스스로 선택한 길을 곁에서 응원해주는 것. '해보고 싶다면 도전해봐!' 하고 떡잎에게 가능성의 바람을 불어넣어 주는 것. 그게 가장 중요하지 않을까?" 숨도 쉬지 않고 열변을 토하는 내게 친구는 연실 고개를 끄덕여주었다.

실제로 나는 떡잎부터 다르지 않아도 될성부른 나무가 된 경우를 내 두 눈으로 보았다. 바로 우리 텃밭에서 일어난 일이다. 바야흐로 지난 가을, 당시 예비 남편이 물러진 흑토마토 몇 개를 베란다 화분에 심어두었는데 하루가 다르게 크게 자라다 갑자기 흰 벌레가 감당할 수 없을 정도로 많아져 어쩔 수 없이 모두 뽑아 버렸다고 했다. 결혼을 한 후 나는 그때 남편이 밀봉해둔 흙을 스티로폼 상자에 담아 바질을 싱싱하게 키워내고 있었다. 그런데 어느 날 가만히 보니 한쪽 구석에 도깨비풀 같은 새싹 하나가 머리를 내밀고 있는 것이다. 잡초같아서 뽑으려다가 귀여워서 물을 주었더니 녀석은 점점 자라 내 손바닥 크기만큼 커졌다.

바질은 잎을 모두 따 페스토로 만든 뒤(미안) 스티로폼 상자를 정리하려는데 멀쩡히 살아있는 녀석을 그냥 뽑아 버리자니 마음에 걸렸다. 정체가 뭘까 생각하다 손가락으로 잎을 비벼 냄새를 맡아보았다. 놀랍게도 옅은 토마토 향이 났다. 지난가을 남편이 밀봉해둔 흙 안에 토마토의 생명이 잠자고 있었던 것이다. 나는 녀석을 어찌할까 고민하다 텃밭에 가져다 심기로 했다.

그렇게 텃밭에 심어둔 아기 흑토마토는 며칠째 변화가 없었다. 역시 약한 떡잎이라 죽으려나 생각하며 그대로 지켜보고만 있었는데 곧 굵직한 줄기를 쑥쑥 내밀더니 2주 뒤쯤, 실한 토마토를 여러 개나 맺었다. 놀란 나는 환호성을 지르며 붉게 익은 토마토를 수확해 그 자리에서 크게 한입 베어 물어보았다. 그러자 달콤새콤한 토마토 즙이 입안 가득 번져왔다. 지금껏 맛본 토마토 중 가장 싱그러운 맛이었다.

떡잎을 될성부른 나무로 클 수 있게 하는 건 태생부터 달라서이기보다 떡잎의 가능성을 응원하는 곁의 마음과 텃밭 같은 양질의 땅 덕분일 거란 생각이 들었다.

토마토를 다 수확하고 막 일어나려는데, 발견하지 못한 토마토 하나가 내 머리 위로 툭 떨어졌다. 순간 나는 녀석이 내게 이렇게 말하는 것 같았다.

'그럼에도 불구하고 나무를 건강하게 성장시키는 가장 중요한 요인은 해와 달, 바람 같은 부모의 사랑이야.'라고…

높고 높은 하늘만큼 아버지가 보고 싶은 날이었다.

인정받으려 애쓰지 않는
잡초의 삶

5월 중순경, 오랜만에 찾은 텃밭의 모습은 경악 그 자체였다. 어디에 뭘 심어놓았는지 분간할 수 없을 정도로 사이사이 잡초가 무성했다. 혼자 잡초를 제거한다는 건 단연 불가능한 일. 이럴 땐 생각을 고쳐먹으면 된다. '그래, 잡초도 공생하는 아름다운 텃밭을 만들자!'

그 후 나는 한껏 여유로운 마음으로 텃밭을 거닐며 잡초를 구경했다. 쓸모없는 잡초라는 생각에서 벗어나자 다양한 잡초의 모양새가 눈에 들어왔다. 길쭉하게 늘어진 것, 감자같이 둥근 것, 바다 해초를 닮은 것…. 갖가지 잡초들이 열을 지어 심어놓은 작물들 사이에서 각자의 모습으로 살아가고 있었다. 마치 누군가의 시선이나 관심 같은 건 딱히 바라지 않는 것처럼, 자유롭게.

나는 어릴 적부터 늘 타인에게 인정받고 사랑받길 원했다. 어릴 땐 부모님께, 자라면서는 선생님과 친구들에게, 회사에선 상사에게…. 원했다는 말보다는 애썼다는 표현이 더 적절할 것이다. 상담을 하며 그때를 회상하고 있었다. 상담사가 내게 말했다.

"가족들이 지혜 씨를 예민한 사람으로 생각하지만 사실 지혜 씨는 그렇게 민감한 사람이 아닐지도 몰라요." 상담사가 말했다.

"그게 무슨 말씀이세요?" 내가 물었다.

"타인들은 지혜 씨의 행동을 보고 예민하다고 생각했겠죠? 하지만 스스로 잘 생각해보세요. 자신이 정말 예민해서 그런 행동을 한건지. 어린아이가 새벽녘에 멍하니 앉아 공허하다고 느꼈던 건 어쩌면 바쁜 부모님의 관심 부재 때문일 수도 있어요. 그런 와중에 지혜 씨는 부모님의 인정과 사랑을 받기 위해 스스로 선택한 최선의 방법을 취했던 것뿐이고요. 즉, 가족들이 지혜 씨가 예민하다고 느낀 그 행동들(악착같이 공부한 것 등)을 말이죠. 지혜 씨는 실제로 예민한 게 아니라 인정과 사랑을 받길 위해 그저 애써왔을 수도 있어요."

그러고 보니 나는 절대로 어린 시절로 돌아가고 싶지 않다. 왜냐하면 공부를 지독하게 했기 때문이다. 누구에게나 공부는 힘들겠지만 나는 그 이상이었다. 어느 정도였냐 하면 많은 학생들이 함께 있는 수학 시간에 설명이 이해가 안 된다며 혼자 서글프게 울어서 선생님을 난처하게 만들었고, 친구들은 "지혜 또 운다!"라고 놀리는 게 흔한 일이었다. 수업 시간에 단 한 번도 졸았던 적이 없고, 시험 기간 5일 내내 밤을 새우는 건 당연지사였다. 그런데 신기한 건 그전에 부모님이 내게 공부하라고 다그친 적이 단 한 번도 없었다는 점이다. 그럼 나는 무엇 때문에 그렇게 미친 듯이 공부를 했던 걸까?

2학년 5반, 그때의 기억이 아직도 생생하다. 엄마는 밥상 위 우리의 수학 선생님이었다. 그 시절엔 초등학생이 학원을 다니는 건 드문 일이었고 보통은 부모가 직접 자식을 가르치곤 했다. 그날은 수학경시대회가 있던 날이었다. 시험이 끝나고 집으로 돌아와 초인종을 눌렀다. 그런데 엄마가 문을 열어주더니 갑자기 햇살같이 환하게 웃으며 나를 번쩍 들어 올렸다.

"우리 지혜! 세상에! 선생님한테 전화가 왔는데 우리 지혜가 수학경시대회 100점을 맞았대!" 엄마의 품에서 느껴지는 심장박동 소리에 맞춰 내 기분은 하늘까지 솟아올랐다. 태어나서 가장 뿌듯하고 자랑스러운 날이었다. 그날은 엄마가 내 숟가락 위에 장조림도 올려주고, 저녁을 먹은 후엔 손을 잡고 문구점에 가서 갖고 싶었던 인형도 사주셨다. 한 손엔 머리에 작은 리본이 달린 하얀 강아지 인형을 안고 다른 손으론 따뜻한 엄마 손을 잡고 걸어오는 길은 어두웠지만 하나도 무섭지 않았다.

상담사의 물음에 회상을 해보니 밖에서 일하셨던 아버지만큼

집에 계셨던 엄마도 늘 바빴다는 걸 깨닫게 됐다. 엄마는 집에서 아버지 일에 대한 주문을 받으셨는데 전화가 자주 와서 절대 집을 비워선 안 됐고(그땐 휴대폰이 대중화되어 있지 않았다) 하루에도 몇십 번씩 주문이 들어와 항상 정신없어 하셨다. 그러니 집에 같이 있어도 엄마는 우리와 함께 시간을 보낼 여유가 없었던 것이다.

이상하게도 그 시절 나는 새벽녘에 멍하니 깨어 있던 날이 많았다. 일곱 살 어린아이가 느낀 감정은 분명 우울감이었다. 그런데 수학경시대회 100점을 맞았던 그날 이후 나는 깨달았던 것 같다. 환하게 웃는 엄마를 보기 위해서는, 엄마의 품에 안기기 위해서는 어떻게 해야 하는지를. 인정과 사랑을 받으려면 어떻게 해야 하는지를.

사람이라면 모두 누군가에게 어느 정도의 인정과 사랑을 받길 원한다. 원하는 마음을 부정하는 게 아니라 사랑을 받기 위해 너무 애쓰지는 않았으면 좋겠다는 생각이다. 어린아이나 어른이나 타인의 인정과 사랑이 없다면 쓸모없는 사람이 되어버릴까 두렵기도 하겠지만 우리의 삶엔 인정과 사랑만큼이나, 아니 그 이상으로 반드시 필요한 것이 있다.

자유. 자기 생의 자유로움.

애쓰며 웃자란 상추 옆에서 잡초들이 바람에 살랑살랑 흔들리고 있었다. 나는 그 옆에 눈을 감고 한참을 앉아 있었다.

정당한 진상, 장미꽃

몇 년 전 귓속에 염증이 생겨 이비인후과에 치료를 받으러 간 적이 있었다. 의사는 내 귀 안을 들여다보더니 긴 집게를 넣어 진물을 닦아내고 약을 뿌려주었다. 진료가 끝나고 간호사가 안내한 치료실로 들어가 귀에 따듯한 열을 쐬던 중이었다. 그런데 갑자기 방금 치료한 귀 안에서 피가 뚝뚝 떨어지는 것이다. 당황해서 간호사에게 말하자 간호사가 의사에게 물어본다고 가서는 잠시 뒤 돌아와 환자가 많아서인지 내 귀를 다시 보지도 않고 휴지로 닦으라고만 했다. 황당했지만 계속 피가 흘러서 나는 그대로 앉아 한참 지혈을 했다. 뭉친 휴지에 피가 흥건했다.

겨우 피가 멈춰 치료실을 나오자 간호사가 내 이름을 부르며 진료

비를 계산하라고 했다. 그때 내가 말했다. "저 돈 못 냅니다." 그러자 간호사가 인상을 찌푸리며 짜증 섞인 목소리로 말했다. "진료를 받았으면 돈을 내서야죠?" 소심한 나로서는 최선을 다해 다시 한번 말했다. "진료를 받고 제 귀에서 피가 이렇게 흘렀는데도 다시 봐주지도 않고 휴지로만 닦으라니요? 돈 못 냅니다." 그러자 좀 더 나이든 간호사가 와서 눈썹을 치켜올리며 "내서야 해요!" 하고 강경하게 말했다. 환자들은 좋은 구경거리라도 생긴 양 웅성거렸다. 결국 의사가 나와서 상황을 파악했고 내 귀를 다시 살펴본 후 연고를 발라주었다. 사과는 받진 못했지만 나는 그냥 그 선에서 결제를 하고 나왔다.

며칠 뒤 또 약을 타러 병원에 갔다. 접수를 하려는데 간호사가 내 이름과 생년월일을 묻더니 흔들리는 눈빛으로 컴퓨터 모니터와 나를 번갈아 보았다. 그때 예감했다. '내 환자 기록에 무언가 그들만이 알 수 있는 메시지가 적힌 모양이구나' 하고.

예상과 달리 나는 몇 년이 흐른 지금도 그 병원에 자주 다닌다. 당시 의사의 치료 방법이나 대처가 올바르지는 못했지만 의술은 좋은 선생이기 때문이다. 또 그들이 나를 진상으로 적어놨든 그렇지 않든 관여하지 않기 때문이기도 하다. 명백히 나는 타인에게도, 나 자신에게도 진상이 아니었으니까.

우리는 때때로 불만을 제기하면 까칠한 사람으로 찍힐까 봐, 혹은 더 손해를 보게 될까 봐 타인의 정당하지 않음을 그냥 참고 넘긴다. 그렇게 정당하지 않은 타인에게 친절을 베풀고는 정작 피해를 본 나 자신에게는 불친절하다. 인간관계에서도 그렇다. 상사 혹은 어른이 라는 이유로, 사회적 관습이 그렇다는 이유로 그분들의 생각에 '그 래야만 한다'라는 존중 없는 강요가 자신을 불편하게 만든다는 걸 알면서도 '아, 어르신 생각은 그러시군요. 제 생각은 이렇습니다'라 고 말하는 데 겁을 낸다. 그렇게 모든 사람들의 평화를 위해 나라는 한 사람에게 불친절해짐을 선택하는 것이다.

우리는 얼마나 많은 억울한 순간들을 '넓은 마음을 가진 내가 그 냥 이해해주자'라고 타이르고 참아내며 자기 자신을 힘들게 하고 있는 걸까? 왜 옳지 못한 것을 옳지 못하다고 말하면 까칠하고 못된 사람으로 치부되는 걸까?

텃밭을 시작하며 나무 이름표 아래 오밀조밀 심어놓은 장미들이 5월이 되자 꽃을 활짝 피웠다. 나는 온통 초록인 텃밭에 피어난 노 랑 빨강의 고운 장미가 너무 예뻐서 몇 송이 꺾어 집에 가져가려고 손을 뻗었다. 그런데 그때 갑자기 '콕!' 하고 장미가 가시를 뾰족하 게 세우며 내 손가락을 사정없이 찔렀다. 마치 장미가 내게 "그 손 저리 치워!"라고 단호하게 말하는 것 같았다. 생각지도 못한 가시의 습격에 놀랐지만, 나는 이내 '내가 함부로 장미를 불편하게 한 거였 구나' 싶어 미안한 마음이 들었다.

장미는 까칠한 진상이 아니다. 그저 옳지 못한 내 행동에 자신의 솔직한 마음을 표현한 것일 뿐. 어떻게 이리 야무지게 의견을 표명할 수 있는지 장미가 인생 선배처럼 느껴진 순간이었다.

타인의 행동이 옳지 못하다 하더라도 그에 이의를 제기하면 우리는 까칠한 진상이라고 혹은 버릇없는 사람이라고 오해받을지도 모른다. 또 예상하는 것처럼 직접적인 손해를 입을 수도 있다. 하지만 정당하지 못한 타인의 행동에 내 정당한 의견을 이야기하는 것은 결코 잘못된 일이 아니다. 진정으로 옳은 행동은 틀린 그들이 앞으로 어떻게 행동할지 신경 쓰는 것이 아니라, 맞는 나를 솔직히 드러내며 살아가는 것이다.

잘못된 행동에 순응하며 그것들이 내 삶을 결정하도록 내버려둔다면, 어느새 가시 잃은 장미가 되어 꺾여버리게 될 테니 말이다.

너는 참 너답게 말한다

"옥수수 털리고 싶냐?" 영화 속 조폭처럼 말하고 싶었던 날들이 많았다. 어릴 때부터 나는 유독 장난스러운 친구들의 놀림감이 되곤 했다. 초등학생 때는 남자애들이 많이 놀렸는데, 억울해서 집에 와 엄마에게 이르면 엄마는 늘 그 애들이 나를 좋아해서 그런다고 타일렀다. 그런데 이상하게도 여자뿐인 여중·여고에서도, 다 커서 들어간 대학에서도 '나를 좋아하는데(?) 부끄러워서 괴롭히는 애들'은 여전히 존재했다. 실은 예전부터 조금씩 눈치채고 있었다. 그 애들이 나를 소중히 대하지 않는다는 사실을 말이다.

내 경험을 바탕으로 통계를 내어본 결과 무례한 사람의 특징은
이렇다.

첫째, 거들먹거리는 표정의 고수다.
둘째, 근자감(근거 없는 자신감)과 위풍당당한 목소리를 가졌다.
셋째, 잔꾀가 많아 말을 잘 받아친다.
넷째, 괴롭히고 싶은 상대의 말을 듣지 않는다.
다섯째, 자신보다 강해 보이는 사람의 눈치를 본다.
여섯째, 알고 보면 애정결핍인이다.

무례한 사람의 말투는 대체로 가볍지만 그 안엔 독이 숨어 있는
법. 순한 양 같은 피해자는 그 자리에서 맞대응을 하지 못하고 돌아
오는 길에 이렇게 생각만 하고 만다. '아… 한 소리 해줄 걸….'

무례한 사람들에게 30년 넘게 당해왔다. 더는 참을 수 없었던 나
는 표지에 '무례'라고 쓰인 책이라면 모조리 사서 읽기 시작했다.
그리고 마침내 '무례한 사람을 대처하는 법'에 관한 많은 정보들 중
에서 베스트로 선정할 만한 방법을 찾아냈다. 그것은 바로 '너 자신
을 알라' 법이다.

왜 이 방법을 1위로 뽑았느냐 하면 다른 것들은 약간씩이라도 응
용을 해야 한다면, 이 방법은 응용 없이 바로 써먹을 수 있기 때문이
다. 누군가 나에게 무례하게 군다면 즉시 이 말을 내뱉으면 된다.

예를 들어 상대가 농담처럼 "지혜야, 너 왜 이렇게 안 탔어? 놀러 안 다니는 거 너무 티 난다"라고 했다고 치자. 이 말은 실제로 내가 대학생 시절에 친구로부터 들었던 말인데, 그의 조소하는 표정을 보고 그가 내심 '친구 없어서 놀러 못 다녔구나?'라고 조롱하고 싶었단 걸 알아챌 수 있었다. 만약 말재주가 좋은 사람이면 이런 말을 들었을 때 센스 있게 받아칠 수 있었을 것이다. 그러나 나는 그런 사람이 아니어서 내 딴엔 최대한 정색하며 그에게 물었다. "그게 무슨 뜻이야?" 그랬더니 분위기가 싸해지는 동시에 그가 멋쩍은 듯 입술을 씰룩거리며 "야! 농담이야. 왜 이렇게 정색해?"라고 말하는 것이다.

이럴 때 '너 자신을 알라' 법을 사용하면 분위기가 냉랭해지지 않으면서도 상대를 단숨에 제압할 수 있다. 미소를 지으며 이렇게 말하는 것이다. "너 말도 참 너답게 한다." 직접 사용해본 결과 무례한 상대가 아무리 꾀가 좋다고 하더라도 이 말을 들으면 순간 당황한다. 그리고 잠시 뒤 멘털의 안정을 찾은 상대는 이렇게 대꾸할 것이다. "나다운 게 뭔데?" 정색해 되묻는다면 반쯤은 성공. 그럼 또 미소를 지으며 이렇게 말하면 된다. "에이, 왜 정색하고 그래. 나도 농담이야"라고.

이외의 또 다른 방법은 칭찬하면서 지적하기. "너 그 말, 재밌으라고 말한 거야? 나는 네가 재밌는 사람인 줄 알았는데 아니었네." 혹은 좀 더 직설적으로 "나는 평소에 네가 말을 되게 배려 있게 한다고 생각했는데 오늘은 좀 의외네?"라고 하기.

장마가 지나고 얼마 뒤 드디어 옥수수를 수확할 때가 되었다. 손바닥 한 뼘 크기의 작은 옥수수 모종을 텃밭 뒤쪽으로 다섯 개 심었는데 어느새 내 키보다 훨씬 크게 자라 있었다.

난생처음 직접 심어 키운 옥수수를 수확하는 날. 한 나무에 많아야 서너 개 정도 열리는데 늦게 따면 그마저도 벌레들에게 양보를 해야 한다. 옥수수를 수확하는 방법은 아주 통쾌하다. 한 손으로 대를 잡고 다른 한 손으로 옥수수의 몸통을 잡는다. 그리고 한 번에 힘을 주어 아래로 '우지직!' 순간 얼마나 통쾌한지 속이 다 후련하다.

나는 옥수수를 수확하며 또 옥수수 털고 싶은 사람이 내 앞에 나타난다면 꼭 이 수확의 통쾌함을 잊지 않으리라 다짐했다. 반드시 '우지직!' 한 방 날려주기로. 더 이상, 당하고 살지 않을 테다.

마음속 줄기대로 굳건히

어느 날 농장주에게 문자 한 통을 받았다. 아스파라거스 모종을
저렴한 가격에 판매하니 관심이 있으면 사라는 내용이었다. 초봄에
농장주에게 산 씨감자가 잘 자랐기에 나는 한 치의 망설임 없이 그
제안을 수락했다.

머칠 뒤 농장주를 따라간 뒤뜰에는 기린같이 목이 길고 야들야
들한 아스파라거스 모종들이 옹기종기 모여 있었다. 나는 녀석들의
예쁜 모양새에 반해서 계획과는 달리 그만 다섯 개나 차에 싣고 말
았다.

일주일 뒤 모종을 가지고 신나게 텃밭으로 향했다. 이웃들이 모두

농장주에게 같은 문자를 받았을 테니 저번 씨감자 때처럼 많이들 사서 심어놨을 거라고 생각했다. 그런데 웬걸? 아스파라거스를 심어놓은 텃밭이 단 한곳도 없었다. 잠시 뒤 그 의아함은 이웃 아저씨의 말씀으로 금방 풀리게 되었다.

"아스파라거스 샀어요? 그거 몇 년 키워야 하는 거예요. 아이고야~(이 부분을 노래하듯 하였다) 여긴 1년만 계약한 텃밭이니까 나중에 옮겨 심어야 될 텐데 우짜노!" 속으론 당황했지만 아저씨의 표정이 짐짓 놀리는 듯해서 나는 '저도 알고 있었거든요?!'라는 식의 뻔뻔한 표정을 지어 보였다. 하지만 마음 깊은 곳에서는 자세히 설명해주지 않은 농장주에 대한 분노와 잘 알아보지도 않고 덜컥 사버린 스스로에 대한 짜증이 밀려오고 있었다.

그러나 나는 이내 마음을 고쳐먹기로 했다. 누가 뭐라든, 다른 사람들이 어떻게 하든, 내 텃밭에서는 내 마음대로 해보자고 결심한 것이다. 이 텃밭은 내 텃밭이고, 죽든 살든 내가 책임지면 되는 것이니까!

그렇게 두 달이 지났다. 아스파라거스에 비료를 챙겨 주며 정성껏 돌봤는데도 줄기가 통 보이지 않았다. '역시 괜한 짓을 했나?' 싶은 생각이 슬슬 올라올 즈음이었다. 아스파라거스 가지를 살며시 밀어보니 그 아래 레스토랑의 흰 접시 위에서 보았던 그 아스파라거스가 땅 위로 쑤욱 솟아나 있는 것이다. 순간 온 동네 사람들을 죄다 불러놓고 "우리 아스파라거스 좀 보세요!"하고 자랑하고 싶을 정도로 기뻤다. 잘라서 먹으면 또 자라고, 또 자란다니 기특하기도 하여라.

그날 저녁 나는 오랜만에 아스파라거스를 곁들인 스테이크를 만들어 먹었다. 싱싱하고 도톰한 아스파라거스를 보고 있자니 뿌듯해서 이미 배가 부른 것 같았다.

무엇보다 이 아스파라거스가 값졌던 이유는 타인의 말에 흔들리지 않고 내가 선택을 하고, 그 선택에 책임을 진 결과물이었기 때문이다. 그동안 나는 타인들의 말이나 시선에 쉽게 흔들렸다. 마치 아스파라거스의 얇고 긴 잔가지들처럼 이곳저곳에서 바람이 불면 밤새 마음이 요동쳤다. 이를테면 결혼이나 출산에 관한 것도 그랬다. 서른이 넘으니 가족과 친구들, 직장 동료들까지 내 결혼 시기를 염려했다. "더 늦게 결혼해서 아이를 낳으면 너도 아이도 힘들어." 이런 말을 들으면 당장 거리에서 헌팅이라도 해서 결혼을 하고 아이를 가져야 할 것만 같았다. 하지만 생각해보면 타인이 나 대신 결혼 생활을 하고 출산을 해주는 것도, 내 아이를 성인이 될 때까지 키워주는 것도 아니다. 결국 모든 건 내가 해야 할 일이다. 그런데 왜 나는 정작 나 스스로에게 결혼을 하고 싶은지, 아이를 원하는지 제대로 물어보지도 않은 채 타인의 말만 신경 쓰고 있었던 걸까? 그저 '지금이 적령기'라는 사회적 통념 때문에 내 인생을 책임질 나의 생각을 간과하고 있었던 건 아닐까?

"나는 내가 살고 싶은 대로 살아왔고 매 순간을 충실하게 즐겼어요. 하고 싶은 대로 했기 때문에 사람들은 다른 방식을 충고해주었죠. 그럼 "알겠어, 알겠어" 대답하고 제가 하고 싶은 대로 살았어요. (중략) 사람들이 행복의 비결이 뭐냐고 물어요. 저는 내면의 소리를 듣고 자신의 삶을 살라고 답하죠. 나는 행복한 사람이에요. 하고 싶은 일도 많고요. 이렇게 앉아서 음미하는 것도 좋아요. 꽃, 수련, 석양, 구름 자연에 모든 것이 있어요. 인생은 너무 짧아요, 즐겨야죠. 그렇지 않나요?"

– 〈타샤 튜더(Tasha Tudor: A Still Water Story)〉(2018) 중에서

물론 사회적 통념은 많은 사람들이 오랜 세월 동안 살아오면서 깨달은 삶의 개념이기에 가치가 있다고 생각한다. 아스파라거스처럼 여러해살이 작물은 한 해용 텃밭에 심으면 안 된다고 하는 것처럼. 하지만 그 통념을 무조건적으로 받아들이기 전에 나는 우선 내가 아스파라거스를 심고 싶은지, 그것을 심으면 책임을 질 수 있는지를 스스로에게 묻고 싶다. 이것은 내 텃밭이고, 나의 삶이니까.

누가 뭐래도 삶을 스스로 일구고 그것에 만족하며 행복할 용기가 있다면, 나는 사회적 통념보다 나 자신의 신념을 우선에 두고 살아가고 싶다.

때론 흔들릴지라도 마음 깊은 곳에 굵은 아스파라거스 줄기를 가진 사람, 언제나 그 방향으로 나아가는 사람이고 싶다.

걱정거리 가지치기

만일 내가 인생을 다시 산다면
이번에는 용감히 더 많은 실수를 저지르리라.
느긋하고 유연하게 살리라.
그리고 더 바보처럼 살리라.

매사를 심각하지 않게 생각할 것이며
더 많은 기회를 붙잡으리라.

더 많은 산을 오르고, 더 많은 강을 헤엄치리라.
아이스크림은 더 많이, 그리고 콩은 더 조금 먹으리라.

어쩌면 실제로 더 많은 문제가 있을 수도 있겠지만
일어나지도 않을 걱정거리를 상상하지 않으리라.

– 나딘 스테어, 〈만일 내가 인생을 다시 산다면(If I Had My Life to Live Over)〉 중에서

텃밭에 심은 야들야들한 고추 모종들이 어느새 굵직하게 자랐다. 자주 와보지도 못했는데 자연이 다 알아서 돌봐주나 싶어 나는 신기해하며 이리저리 사진을 찍고 있었다. 그때였다. 까만 피부에 작은 눈, 심상치 않은 밀리터리 무늬 바지를 입고 한 손엔 작은 가위를 쥔 남자가 내 텃밭을 향해 성큼성큼 다가온 것이.

처음 보았지만 농장주의 남편임이 틀림없었다. 그는 '텃밭 엉망으로 해놓은 녀석 이제야 잡았다!'라고 하듯 하던 일을 멈추고 내 텃밭으로 단숨에 달려왔다. 그 후 몇 분 동안 속성 꾸짖음과 강의가 이어졌다.

그는 먼저 고추 앞에 자리를 잡고 앉아 잎과 가지들을 떼어내기 시작했다. 이제 막 새끼손톱만 한 크기의 아기 고추들이 달려 있던 터라 내가 놀라 어쩔 줄 몰라 하니 그가 말했다. "아까워요? 여기 두 가지로 갈라진 큰 가지 있죠? 이걸 방아다리라고 하는 거예요. 그 아래에 있는 곁순, 곁가지는 가지치기를 해줘야 열매가 크고 싱싱하게 자랄 수 있어요. 아까우면 이거 가져다 무침 해 먹으세요."

누가 말릴쏘냐! 전설의 가위손이 환생한 것처럼 그는 답답한 내 텃밭을 재빠르게 가지치기했다. 처음엔 말리고 싶었으나 나는 호

응해주는 편이 유리할 것 같다고 머리를 굴렸고, 그는 내 얄팍한 속셈에 넘어가 어느새 텃밭 전체를 깔끔하게 정리해주었다. 멀끔해진 텃밭을 보니 기분이 가벼워졌다. 마음속에 쌓인 걱정거리들을 모두 털어낸 느낌이었다.

살아가는 내내 우리는 많은 걱정을 하며 산다. 어쩌면 걱정은 삶이라는 여행에 시간이라는 입장권을 내게 되면 의무적으로 받게 되는 것 같기도 하다. 걱정 자체가 나쁜 것만은 아닐 것이다. 적당한 걱정은 삶을 안전하고 체계적으로 꾸려나갈 수 있게 도움을 준다. 교통사고가 걱정되어 안전벨트를 메고, 미래의 생계가 걱정되어 저금을 하는 것처럼.

그러나 언제나 과한 것이 문제다. 고추나무에 곁가지가 너무 많이 자라서 무거워지면 태풍을 견디지 못하고 쉽게 쓰러져버리듯, 마음 안에 걱정이 너무 많으면 삶의 난관을 잘 헤쳐 나가지 못하고 주저하게 된다. 반면 곁가지를 잘라냈을 때 열매가 더 크고 건강하게 자라는 것처럼, 과한 걱정을 덜어내면 우리는 좀 더 밝은 미래로 나아갈 수 있다.

"인생은 무겁게 느껴질 수 있습니다. 특히 한 번에 모든 걸 짊어지려고 하면요. 우리가 한층 성장하고 인생의 다음 챕터로 넘어가는 일은 붙잡고 놓아주는 것과 관련이 있습니다. 제가 하고 싶은 말은 어떤 것을 간직하고, 어떤 것을 놓아줄지 알아야 한다는 것입니다. 모든 것을 짊어지고 갈 순 없습니다. 가진 것 중에 내가 붙잡아야 할 것들을 정하고, 나머지는 가도록 놓아주세요."

– 테일러 스위프트, '뉴욕대학교(New York University) 강연' 중에서

장마철이 다가오니 바람결이 달라졌다. 이제 고추나무도, 내 인생도 다음 챕터로 가야 할 때가 온 것 같았다. 그날 나는 애써 꽉 움켜쥐고 두려움과 걱정으로 포장해두었던 내 소중한 것들을… 가도록 놓아주기로 다짐했다.

돌아오는 길, 신기하게도 마음이 좀 더 단단하고 강해진 것 같은 기분이 들었다. 이제야 항상 앞서 걸었던 인생이, 내 옆에 와 따뜻하게 손을 잡아주는 것 같았다.

당신에게
좋은 일이 있을 것입니다

제주도에서 사고가 난 엄마를 간병한 지 2개월이 지났을 무렵, 입원실에 한 통의 편지가 도착했다. 몇 년 전 여행길에서 만나 인연을 이어온 그녀로부터 온 편지였다. '어떤 말을 해야 위로가 될지 모르겠어.' 또박또박 적힌 글씨를 보니 그녀의 다부진 눈동자가 생각나 미소가 지어졌다.

나보다 아마도 서너 살 정도 많은 그녀는 똑 부러진 리더십의 소유자로 누구나 알 만한 회사에서 인정을 받으며 지내고 있었다. 그런데 불현듯 무슨 이유 때문인지 회사에 사직서를 내고 지방으로 내려가 한 게스트하우스에서 몇 년간 일을 하겠다고 했다. 당시 퇴사를 망설이고 있던 나와 달리 그녀는 용감히 저지르고 만 것이다.

그 후 나는 SNS를 통해 그녀의 무모하고 설레는 도전들을 흥미롭게 지켜보았다. 놀랍게도 그녀 앞엔 신기한 일들이 계속해서 펼쳐졌다. 그녀가 남긴 글엔 항상 이런 문장들이 있었다. '정말 신기하게도', '굉장히 우연인데', '말도 안 되게 놀라운 일이!' 무슨 주술이라도 쓰고 있는 것처럼 그녀에겐 작고 큰 행운들이 연이어 일어나고 있었다.

그 후 1년쯤 지났을까, 엄마가 입원한 제주의 병실 안으로 날아온 그녀의 편지를 읽으며 나는 마침내, 그녀가 가진 비밀을 알아차릴 수 있었다. 편지엔 이렇게 쓰여 있었다.

'지혜야, 슬픔이 찾아와도 행복의 문 닫지 말자. 행복의 문을 활짝 열어두어야 기쁨도, 평화도, 행운도 들어오는 거래.'

어떤 문장은 마치 유일한 열쇠처럼 비로소 그 상태를 이해할 수 있게 한다고 했던가. 눈물이 나려는 걸 꾹 참으려고 얼른 편지를 접었다. '슬픔에 잠식될 것 같았던 하루하루에도 여전히 마음 안에 행복의 문이 있었구나' 하고 그날 저녁 내내 단단히 닫힌 마음의 문 앞을 서성였던 것 같다.

게스트하우스 운영을 마친 그녀는 한적하고 평화로운 곳에 작은 작업실을 열었다. 축하해주러 가야지 생각하고 있었는데 그녀로부터 문자 한통을 받았다. 부친상에 대한 소식이었다. 지병을 앓고 계셨다는 건 알고 있었지만 예상치 못한 이른 부고라 그녀도 당황한 것 같았다.

그 후 한 달 정도가 지나고 작업실을 다시 열었다기에 방문하게 되었다. 늘 그랬던 것처럼 그녀는 나를 환한 얼굴로 맞아주었다. 그러곤 또 작업실을 열기까지 마법처럼 일어난 우연적인 일들을 흥미진진하게 이야기해주었고, 나는 또 '정말요?', '말도 안 돼!', '와, 진짜 신기하다!'를 연발했다.

그곳에 있는 동안 그녀의 마음속에 있는 행복의 문 안으로 빨려들어가는 것 같았다. 행복을 환영하기 위해 단단한 마음으로 열어놓은 문. '나도 그녀처럼 아름답고 강한 마음을 가질 수 있을까' 하는 다짐 같은 물음이 떠올랐다(대화가 마무리될 즈음 조심스레 아버지 이야기를 꺼내는 그녀의 두 눈이 눈물로 빛나는 걸 보았다. 그제야 나는 그녀가 슬픔의 문도 아직 닫지 않았다는 걸 알게 되었다. 아마도 앞으로의 날들이 맺힌 눈물 너머로 더 찬란하게 빛나도록 내버려두기로 한 것 같았다).

그렇지만 내게 있어 꽉 닫혀 있는 마음속 행복의 문을 열기란 쉬운 일이 아니었다. 상담을 하며 상담사가 내게 물었다.

"제가 이렇게 들어보니 지혜 씨는 지금 대부분의 시간을 슬픔과 불안 속에 살고 있는 것 같아요. 스스로 생각했을 때 지혜 씨의 현재는 어떤가요? 현재에게 해주고 싶은 말이 있을까요?"

"현재에게 해주고 싶은 말이요? 나의 현재에게…?"

한참 망설이자 상담사는 내게 일주일 동안 곰곰이 생각해보라고 했다. 집으로 돌아오는 길에 비가 많이 내렸다. 나는 굵은 빗줄기를 뚫고 갈 엄두가 나지 않아 지하철 출구에서 바닥에 떨어지는 빗방울을 멍하니 바라보고 있었다. 그때 상담사의 질문이 다시 떠올랐다.

그동안 한 번도 현재를 따로 생각해본 적이 없었다. 그저 슬프면 슬픈 대로 울고, 기쁘면 기쁜 대로 웃으며 살아왔을 뿐. 과거에 대한 후회와 미래에 대한 불안이 커져 현재가 잠식되어도 속수무책이었다. 미래를 위해 사는 삶이 곧 현재를 위한 거라고 위로하고 있었는지도 모르겠다.

왜인지 모르겠지만 현재에게 해주고 싶은 말이 있느냐는 물음을 듣자마자 슬펐다. 나의 현재를 그림으로 그리면 아무것도 없는 방 한구석에 몸을 웅크리고 있는 아이일 것 같다는 생각을 했다. 그곳에서 조금이라도 몸을 움직이면 미래가 보여주는 불안의 덫에 걸려 버릴 것 같아 떨고 있는 아이. 그런데 나는 그 아이에게 매일 일어나라고, 앞으로 나아가야 한다고 윽박지르고 있었다.

나는 눈을 감고 조심스레 마음속 아이를 불러보았다. 그런데 갑자기 거센 빗줄기처럼 눈물이 주체할 수 없이 쏟아졌다. 어두운 감정들이 차가운 바람으로 현재를 휘감자 아이의 두 볼은 붉어지고 손발은 파래졌다. 그렇게 나는 빗속에서 내 마음속 아이와 한참을 울었다.

빗줄기가 점점 약해지고 있었다. 나는 마음을 가라앉히고 아이에게 말했다. '미안해. 미안해. 그만 울자.' 그러자 갑자기 아이에게, 나의 현재에게 연민의 감정이 느껴지기 시작했다. 또 그토록 아프게 했는데도 쓰러지지 않고 살아있어주어서 현재에게 너무나 고마웠다.

나는 울음을 멈추고 폭우 속에 우산을 펼치며 다짐했다. 앞으로의 인생에 슬픔이 찾아와도 마음속 현재라는 아이를 꼭 안고 지켜주겠다고. 언제나 나의 현재가 다시 웃을 수 있게 행복의 문을 활짝 열어두겠다고.

장마가 지난 텃밭은 엉망이었다. 기울어진 철대 옆에 덜 익은 방울토마토가 우수수 떨어져 있고 기세등등하던 잡초들도 어지러이 쓰러져 있었다. 철대를 세우고 작물들을 제자리에 고정했다. 독이 오른 모기들과 이름 모를 곤충들이 날뛰었지만 힘을 내어 무너진 두둑까지 다져주는 것으로 마무리! 터프한 나의 움직임을 본 이웃 아저씨가 하던 일을 멈추고 놀라 쳐다보았다.

나는 용기를 내어 조금씩 나의 현재를 일으키고 있다. 어떤 태풍이 와도 어떤 슬픔이 닥쳐도 내 텃밭을, 나의 현재를 꼭 지키겠다고 약속했으니까.

비를 모두 쏟아버린 하늘은 더없이 맑았다. 그 하늘을 마음속 현재와 함께 보고 있는 기분이 들었다. 지금 이 순간을 사는 느낌, 얼마

만인지 따듯한 행복이 분홍 노을처럼 마음 안에 몽글몽글 차올랐다.

차를 타고 집으로 돌아오는 길에 우연히 놀라운 광경을 마주했다. 작은 트럭 뒤에 궁서체로 무언가 또렷이 적혀 있는데, 정말 기묘한 일이 아닐 수 없었다.

'당신에게 좋은 일이 있을 것입니다.'

순간 소름이 쫙 돋았다. 트럭 운전자가 뒤차 운전자들을 위해 자신의 차에 센스 있는 글을 적어놓은 거였다. 나는 씨익 미소 지으며 생각했다. 이건 분명 행복들이 내가 열어둔 문 안으로 입장하겠다는 신호를 보낸 것이라고.

늘 지금 최선을 다해 행복하기로 결심한다면, 차곡차곡 쌓인 행복들이 행운이란 선물을 가져다주는 것이었나 보다. 그러니 언제나 우리 행복의 문을 활짝 열어두자. 언제나 행복하기로 하자.

어떤 삶이 잘 산 삶일까?

장마가 끝나면 볕이 매섭게 뜨거워진다. 봄볕은 엄마 무릎에 누워 낮잠을 자는 느낌이라면, 한여름 볕은 잠이 들면 깨어나지 못할 정도로 위협적이다. 넓은 챙 모자는 필수. 어르신들과 달리 나는 젊은 농부인 만큼 선글라스도 챙긴다. 그러나 해가 지면 슬슬 나오는 그분들보다 현명함이 부족한 나는 볕이 가장 뜨거운 시간, 오후 1시에 텃밭에 도착하고 말았다.

지난주까지만 해도 싱싱해 보였던 옥수수와 고추, 파프리카가 갈색으로 변해 고개를 푹 숙이고 있었다. 아무리 철대로 다시 세워 보려 한들 힘없이 축 처지고 말았다. 그리고 보니 이웃 텃밭들은 기존 작물을 다 뽑아내고 새로운 모종을 심기 위해 땅을 모두 깨끗이

고른 상태였다.

　대부분의 이웃들은 작년에 이어 그대로 주말 텃밭을 신청해서 다들 어느 정도는 텃밭 가꾸는 법을 알고 있었다. 땅을 어떻게 갈아야 하는지, 비닐을 어떻게 씌워야 하는지, 고구마는 어떻게 심어야 하는지 전혀 몰랐던 나와는 달리 말이다. 더욱이 나는 다른 스케줄 때문에 평일에 텃밭에 가야 했기에, 주로 주말에 방문하는 그들로부터 어깨너머로 텃밭 가꾸기 노하우를 배울 수도 없었다. 그저 모종을 사러 갈 때 만나는 농약사 삼촌과 간혹 감시하러 오는 농장주, 그리고 너튜브에게 약간씩 도움을 받았을 뿐이다.

　그러다 보니 이웃들의 텃밭은 보기만 해도 전문가의 손길이 느껴졌지만 내 텃밭은 천방지축 어리둥절 빙글빙글 돌아가는 짱구의 하루처럼 엉뚱하기 그지없었다. 제대로 가지치기가 되지 않은 고추와 토마토는 대책 없이 거대하게 자라 텃밭의 1/3을 차지했고, 잎이 무성하게 자란 고구마는 이웃 텃밭까지 침범해 눈총을 받았다. 농약을 치지 않아 개구리, 거미, 모기, 무당벌레, 메뚜기 등등 수많은 곤충들의 집합소가 되기도 했다.

　어느 날부터 나는 텃밭에 도착하면 먼저 이웃들이 있는지 없는지 살피기 시작했다. 내 텃밭을 흉볼까 봐 마주치고 싶지 않았기 때문이다. 그런데 재수없게도(그분들이 그렇다는 게 아니라 그때 제 마음이 그랬답니다) 갈 때마다 완벽한 무잡초 부부와 마주쳤다. 바로 내 앞에서 텃밭을 일구는 젊은 부부였다. 그들은 텃밭에 잡초 하나 남겨두는 일이 없었고, 직사각형으로 세워놓은 철대 위엔 오이, 호박, 참외가 늘 편안히 자리 잡고 있었다. 귀여운 글씨체로 하나하나 써놓은 작물 이름표는 완벽함의 상징이었고, 뭐니 뭐니 해도 완벽의 마침표는 나를 보고 인사하는 부부의 해맑은 표정이었다. 그럼 나는 챙이 긴 모자로 얼굴을 반쯤 가리고 작은 목소리로 인사를 한 뒤 얼른 풀이 가득한 내 텃밭으로 숨어들곤 했다.

그럴 때면 '나도 나름 최선을 다해 텃밭을 가꾸고 있는데 왜 이 모양인 걸까?'라는 생각이 들어 힘이 쭉 빠졌다. 마치 어릴 때 몇 날 며칠 밤을 새워가며 공부했는데 친구보다 성적이 안 나와서 씩씩대는 그런 기분이었다. 돌이켜보면 노력했던 많은 것들이 그랬다. 공부도, 취업도, 사랑도, 글을 쓰는 것도 나름대로 열심히 하고 있지만 늘 부족하게 느껴졌다. 운도 따라주지 않는 인생 같다며 세상의 불공평함을 탓하고만 싶었다.

나는 모기들에게 수혈을 하며 한참 잡초를 뽑다 힘이 빠져 그 자리에 풀썩 주저앉았다. 내 키만 한 옥수수들이 나를 내려다보고 있었다. 얼마 전 튼실하게 자라나 알이 꽉 찬 옥수수를 여러 개 내어준 것들인데 고새 나이가 들어 축 처진 모양새가 애석했다. 이웃의 텃밭들은 벌써 옥수수를 베어내고 다른 모종을 심어둔 상태였다.

하지만 나는 나의 옥수수들이 가을과 겨울을 버텨주기를 바랐다. 그러면 내년에 다시금 힘을 되찾아 또 튼실한 옥수수를 맺을 수 있을 것만 같았다. 그러니까 쓸모가 없어졌다고 살아있는 작물을 베어내고 싶지 않았다.

일전에 자연을 사랑하는 노부부가 나오는 〈인생 후르츠(Life Is Fruity)〉(2018)라는 다큐멘터리를 본 적이 있다. 90세 할아버지와 87세 할머니가 함께 텃밭을 일구고 맛있는 음식을 해 먹으며 사랑스럽게 노년 생활을 보내는 모습을 담은 다큐멘터리였다. 90도로 굽은 허리, 쪼글쪼글한 피부, 몇 가닥 남지 않은 새하얀 머리카락…. 노부부의 모습은 마치 노화가 많이 진행된 갈색 나무들 같았다. 그런데 그들의 모습은 측은하기보단 아름답고 사랑스럽게만 느껴졌다. 마치 계절의 장면같이, 자연의 일부같이 너무도 아름다워서 부럽기까지 했다.

그러고 보니 내 텃밭도 이들처럼 자연스럽게 노화가 많이 진행되었다. 열매를 다 수확하고 나니 곳곳이 거뭇거뭇 해지며 가지가 힘없이 굽었고 잎은 바스락거릴 정도로 말랐다.

옥수수 아래 꽤 한참을 앉아 있었던지 석양이 지기 시작했다. 나는 나의 텃밭이 점점 보드라운 주황빛으로 물드는 것을 바라보았다. 그리고… 그 광경은 나를 숨죽이게 만들었다. 너무도 아름다웠다. 전혀 너저분하거나 부족해 보이지 않았다. 그냥 그 자체로 자연스럽게 완벽했다.

나는 그동안 도대체 어떤 기준으로 내 삶을 아름답다 여기지 못했던 걸까? 내 나름대로 열심히 살고 있다면 그 자체로 나라는 사람과 내 인생의 행적이 아름다운 것인데. 왜 나는 '사람들이 옳다고 믿는 바름'에 나를 억지로 맞춰가며 그들처럼 되어야만 아름다워질 수 있다고 생각했던 걸까? 잘 산 삶이란 지인이나 대중, 점수와 순위, 명성과 돈이 결정해주는 것이 아니라 결국 나 자신이 결정하는 것인데 말이다.

나는 애써 늙은 옥수수와 잡초들을 모조리 죽여가며 살고 싶지 않다. 나름대로 열심히 살아가는 삶 속에서 내가 겪는 성공과 실패, 행복과 아픔 그 모든 것들을 귀하게 여기며 즐거이 살고 싶다. 그것이 내게 있어서는 무엇보다 잘 산 삶이다.

텃밭을 시작할 때 농장주가 보내준 문자가 생각나 다시 읽어 보았다.

"텃밭 농사는 자신과 가족이 함께 즐거움을 느낄 수 있어야 합니다. 그러기 위해서는 다음과 같은 접근 방법이 필요합니다.

첫째, 욕심을 버려라. 많은 수확을 목적으로 지나친 비료와 농약 사용, 조밀한 농작물 식재, 환경 조건을 무시한 조기 재배, 관리가 어렵고 기술이 필요한 작물 식재 등은 노력과 투자에 비례하지 않고 지치고 힘들게 합니다.

둘째, 텃밭 농장은 놀이터다. 텃밭이 마트를 대신한 식자재 공급처가 아닌 심신의 건강 회복 및 유지, 증진을 도모하기 위해 이용하는 농사 활동 공간이 되어야만 놀이터처럼 즐거움을 느낄 수 있습니다.

셋째, 텃밭 농사는 노동이 아니다. 농사는 정성과 노력이 필요하지만 과한 노력은 노동이 됩니다. 텃밭의 큰 돌은 농작업에 장애가 되어 제거 대상이지만 작은 돌은 오히려 작물의 미량요소 공급과 미생물의 서식처, 토양의 통기성을 좋게 하는 측면이 있습니다."

이러한 접근 방법이 비단 텃밭에만 해당되는 것일까? 정신없이 약물 통에 담아 온 농약을 살포하고 있는 무잡초 부부에게 나는 일어서며 당차게 말했다. "모기가 너무 많네요! 저는 먼저 갑니다!" 처음으로 활짝 웃는 내 얼굴을 본 부부가 놀란 토끼 같은 표정으로 내 텃밭과 나를 번갈아 쳐다보았다.

집으로 향하는 발걸음이 여름 바람처럼 가벼웠다.

참되고 정직한 것들

윤여정 배우가 어느 TV 프로그램에서 이런 말을 한 적이 있었다.

"인생이요? 다 힘들어요. 누구나 힘들어요.
그래도 인생, 한번 살아볼 만한 것 같아요."

산다는 건 때론 〈해와 바람〉이란 동화책의 나그네가 된 것 같은
기분이 들게 했다. 단계별로 다양한 고난이 주어졌고 그것을 스스
로 헤쳐 나가야만 따뜻한 집으로 돌아올 수 있었다. 어느 시집의 제
목처럼 운다고 달라지는 일은 아무것도 없었다.

외적인 고난보다 더 힘들었던 건 함께 불어닥치는 내적 고난이

었다. 과거에 대한 후회와 미래에 대한 불안은 움직이곤 있지만, 그로 인해 움직이지 않는 현재를 만들었다. 답답하고 사는 게 힘들다고 느꼈다. 그렇게 어두운 슬픔이 마음에 가득 차 있었을 때쯤, 인생이 혼자만 힘든 것이 아니며 모두가 각자의 힘듦을 견디고 살아간다는 말은 창문 사이로 들어오는 바람처럼 한 올의 위로가 되어주었다.

너무나 힘들 땐 스스로에게 물었다. '아예 태어나지 않았더라면 더 좋았을까?' 그럼 이상하게 눈물이 났다. 힘들지만, 모두가 힘들지만 행복하다. 삶을 잃는다는 두려움이 현실로 다가왔을 때 우리는 그제야 뒤늦게 삶으로부터 많은 행복을 받고 있다는 사실을 깨닫는다. 어쩌면 인생이 단 한 번뿐인 이유는 살아있는 생명들이 그 사실을 잊지 않고 인생을 가장 찬란하게 빛내주길 바라서이지 않을까?

지난 3월에 시작한 내 텃밭은 봄과 여름, 가을을 보내며 마치 나의 인생처럼 단계별로 다양한 고난을 겪었다. 장마에 잠기고 태풍에 쓰러지고 병충해가 들었다. 초보 농사꾼이 막무가내로 가지치기를 하는 바람에 열매도 잘 맺지 못했다.

그런데도 텃밭은 내가 삶을 헤맬 때조차 자신의 고난을 스스로 견디며 10평 남짓한 작은 삶 속에서 많은 행복을 맺었다. 아삭한 상추부터 꼬불거리는 치커리, 포슬포슬한 감자와 싱싱한 고추, 탱탱한 토마토와 달큰한 옥수수, 호박, 파프리카, 참외, 가지, 무, 고구마까지… 그렇다면 나는 얼마나 자랐을까.

나는 여전히 사람들이 좋아하는 성격으로 변하는 법은 모르지만, 이제 못생긴 감자가 아름다운 꽃을 피운다는 사실을 아는 것처럼 나만이 가진 성격의 귀함을 알고 있다. 또 나는 천부적인 재능을 가지고 태어나진 않았지만, 평범한 토마토가 달콤한 열매를 맺을 수 있듯 내 안에서도 특별한 재능을 키워낼 수 있다고 믿는다.

세상에서 무례한 사람들을 사라지게 하진 못하지만, 이제 찰진 옥수수를 화끈하게 수확하는 것처럼 나에겐 그들에게 당하지 않을 용기가 있고, 다 시기가 있다는 어른들의 말을 무조건 따르지는 못하지만, 이젠 굳은 심지를 가진 아스파라거스처럼 나의 인생을 단단히 성장시키고 책임질 힘을 키우고 있다.

늘어나는 걱정을 모두 막지는 못하지만, 이제 한없이 거대해지는 고추나무를 가지치기하듯 걱정을 덜어내고 좀 더 현재라는 챕터에 집중할 수 있게 됐고, 사람들이 멋지다고 칭송하는 인생처럼 살지는 못하지만, 이제 내가 텃밭의 잡초를 아름답다 여기듯 내 기준대로 나의 삶 자체를 사랑할 줄 아는 사람이 되었다.

아날로그적 경험을 통해 자연에게 직접 배운 인생의 참된 진실과 삶에 대한 근본적인 자신감. 내가 갖고 싶었던 것은 이런 것들이었다.

숲으로 들어간 자연인들은 우리가 하루 종일 모니터와 휴대폰을 보고 이게 맞다 저게 맞다를 논하며 경력과 명성, 돈을 쌓는 동안 진실된 눈을 뜨고 진짜 인생을 살아가는 법을 대자연에게 배우고 있었던 것이다.

내가 숲으로 들어간 것은 내 나름대로의 인생을 살고 싶었기 때문이다. 이를테면 인생의 본질적인 사실과 정면으로 부딪혀서 나 자신이 인생의 가르침을 온전히 익힐 수 있는지 확인하고 싶어서였다. 그리고 언젠가 죽음을 맞게 되었을 때 내가 인생을 헛되이 살지 않았다는 것을 깨닫고 싶어서였다. 나는 삶이 아닌 삶을 살고 싶지 않았다. 삶만큼 소중한 것은 없다고 생각했기 때문이다. 꼭 그래야 하는 경우가 아니라면 나는 결코 물러서고 싶지 않았다.

나는 한순간이라도 깊이 있게 살면서 삶을 있는 그대로 느끼고 받아들이고 싶었다. 또 스파르타 사람처럼 강인한 태도로 살면서 삶이 아닌 것들을 모두 물리치고 싶었다. 삶을 뿌리까지 바짝 잘라내어 구석으로 몰아간 다음 가장 낮은 곳까지 끌어내려서, 그것이 천박한 것으로 드러나면 그 적나라한 모습을 세상에 널리 알리고 싶었다. 그 외 반대로 삶이 숭고한 것이면 직접 체험하면서 그 사실을 깨달아 다음에 글을 쓸 때 그에 대해 정확하고 충실하게 전하고 싶었다.

– 헨리 데이비드 소로, 〈월든(Walden)〉 중에서

가을을 맞이한 텃밭의 생명들은 이제 스스로 거름이 되어가고 있었다. 끝까지 열매를 맺던 고추나무는 노랗게 변하며 점점 말라가고 토마토는 군데군데 구멍이 생겼고 잡초마저 색이 탁해졌다. 마

치 인간의 노년을 보는 듯해 쓸쓸한 마음이 들 즈음, 텃밭의 인생 선배들이 내게 말했다.

"인생 살기 힘들지? 그래도 인생, 한번 살아볼 만해."

무릎을 꿇고 앉아 두 손으로 흙을 만져보았다. 차갑고 거칠 것 같았던 흙은 의외로 촉촉하고 따뜻했다. 그 안에서 깊은 안정감이 느껴졌다. 그건 앞으로 인생에 시련이 오더라도 이 땅 위에서, 내 마음 안에서 스스로 삶을 이끌 수 있을 거라는 참되고 진실된 자신감이기도 했다.

상담사는 내게 이제 상담을 종결할 때가 된 것 같다고 말했다. 나는 선생님에게 진심으로 감사를 전했다. 그랬더니 그녀는 바람 같은 목소리로 "지혜 씨가 스스로를 성장시킨 거예요"라고 부드럽게 말해주었다. 예전 같았다면 나는 분명 울었을 것이다. 마음이 동요되면 어린애처럼 눈물부터 났으니까. 하지만 첫 상담 시간과 달리, 나는 울지 않았다.

단단한 마음으로, 스스로를 지키고 있었다.

03
—
가슴으로 전해지는
Analog Love

따듯한 사랑을 품은 아날로그

사랑도 디지털 기기처럼 할 수 있을까요?
SNS의 '좋아요'만 누르면 저절로 호감이 커지고
계산기를 두드리듯 조건만을 맞춰 만나고
버퍼링이 걸리면 상대를 내 맘대로 재부팅하고
이별하고 싶을 땐 툭 전원을 꺼버리는….

현실에서 그런 순간을 마주할 때마다
심장이 알려주었습니다.

사랑이란, 가슴으로 전해지는 것이라서
디지털 기기처럼 결코 단번에 켜지고
단번에 꺼질 수 없다는 걸.

서투름이 왜곡을, 더딤이 변색을 가져온다 하더라도
진실로 사랑하기 위해서는

아날로그한 마음으로
사랑의 시간을 걸어야만 한다는 것을.

사과할 자격도 없는 실수

스무 살, 성년이 된 지 얼마 되지 않은 때였다. 나는 여중, 여고에 다니며 공부밖에 몰랐던 학생이었기에 남자나 연애에 대한 것은 잘 알지 못했다. 무슨 조선시대 같은 얘기냐고 할 수 있겠지만 대학에 입학하기 전까지 내 성장 환경은 거의 그 시대나 다름없었던 것 같다. 그러니 대학에서 다 큰 남자들과 수업을 듣고 점심을 먹는 건 내 겐 너무나 생소하고 때론 거부감까지 드는 일이었다.

자연스레 내게 관심을 보이며 다가오는 남자들도 있었지만 나는 그들의 마음을 받아들일 준비가 전혀 되어 있지 않았다. 이상형이 든 아니든 남자가 고백을 해오면 나는 무조건 도망가고만 싶었다. 그 당시 나는 이성을 사랑하는 게 뭔지 도무지 알 수 없어서 그저 부담스럽고 두려울 뿐이었다. 두려움과 함께 호기심도 공존해서 소개팅도 여러 번 해보긴 했지만 절대 먼저 고백하는 일은 없었고 사귀자는 제안을 받아들이지도 못했다. 내가 할 수 있었던 건 그냥 말주변이 좋아서 나를 편안하게 만들어준 몇 안 되는 이성을 지켜보는 것뿐이었다.

내가 그를 만난 건 한 동아리에서다. 훤칠한 키에 듬직한 등, 환한 웃음을 가진 그는 누가 봐도 호감이 갈 만한 인물이었다. 하지만 그때의 미성숙한 나에게는 그저 나와는 너무나 다른, 그저 몸이 큰 동물(?)로만 느껴졌던 것 같다. 그런데 하필 그가 연애에 대해 순진할 정도로 무지했던 나를 좋아하기 시작한 것이다.

놀랍게도 우린 아주 잠깐이었지만 사귀게 되었다. 그럴 수 있었던 건 아이러니하게도 그가 군대를 갔기 때문이었다. 물리적으로 떨어지자 편지나 전화로만 소통을 하게 되었고, 나는 그 속도와 온도가 편하고 좋았다. 그가 휴가를 나와 잠깐 보게 되면 설레기도 했다. 그러나 전역을 한 후, 그 일은 벌어지고야 말았다.

예상했던 대로 그는 내게 진심으로 고백을 해왔다. 마치 드라마 속 남자 주인공처럼 그는 나의 집 앞에서 떨리는 말투로 나와 사귀어줄 수 있느냐고 물었다. 나는 여전히 이성의 고백이 낯설었지만 고마운 마음에 그의 눈빛을 거절할 수가 없었다. 고개를 끄덕였고, 그는 더없이 환하게 웃으며 돌아갔다.

하지만 그날 밤부터 내 고민은 시작되었다. '이성을 좋아하는 게 어떤 건지, 그냥 편한 감정인 건지, 고마운 감정인 건지….' 하나도 모르는 상황이라 머리가 복잡했다. 그러던 와중에 연인 관계로 우리는 몇 번 더 만났고 어색하긴 했지만 그는 나를 정식 여자친구처럼 대하기 시작했다. 손을 잡는 것도 쑥스러워서 서로 가까이 붙어 있기만 하던 어느 날, 횡단보도 앞에서 그의 팔이 내 허리로 훅 들어왔다. 나는 너무나 당황했고 도망가고 싶은 마음이 불쑥 솟아올랐다. 지금 생각해보면 연인이니 자연스러운 행동이라고 여길 수 있겠지만, 사랑이 뭔지도 모르던 당시의 내겐 그의 속도와 온도가 부담스럽게 느껴졌던 것 같다.

며칠 뒤는 내 생일이었다. 아침부터 몹시 불안했다. 그가 나를 위해 무언가를 준비할 것 같았기 때문이었다. 오후가 되자 그에게 연락이 왔다. 몇 시에 만날 거냐고 대답을 재촉하는 걸 보니 역시나 뭔가를 준비한 느낌이었다. 나는 휴대폰을 잡고 어떻게 답을 해야 할지 한참 망설였다. 그가 준비한 선물과 이벤트를 받으면 헤어짐이 더 미안할 것 같다는 생각이 들었기 때문이다. 그러다 그 실수를 저지르게 되었다.

나는 휴대폰을 열고 그에게 문자를 보냈다. 마치 내가 아니라 친구가 대신 문자를 보내는 것처럼 '지혜가 휴대폰을 우리 집에 두고 갔다고 그래서 연락이 안 된다고….' 뻔히 보이는 거짓말을 문자로 툭 보내놓고는 주머니 속에 휴대폰을 넣어버렸다. 매너 없고 비겁한 나의 행동에 죄책감이 몰아쳐 그날 밤 내내 베란다를 서성였다.

그 시각 그는 한 레스토랑에서 나를 기다리고 있었다고 했다. 며칠 전부터 고심해서 산 목걸이와 꽃다발을 가지고 거짓된 문자 한 통이 전부일 거라고는 꿈에도 생각하지 못한 채 아주 오랫동안 그곳에서 나를 기다렸다는 것이다. 늦은 밤 레스토랑에서 나온 그가 곧바로 친구를 만나 서러움을 토로했다는 걸… 한참이 지난 후에 들었다.

대학을 졸업한 후 사회생활을 하면서도 나는 마음 한편에 그 일에 대해 미안함과 죄책감을 갖고 있었다. 준비도 되지 않았으면서 무작정 고백을 받아들인 것도, 내 마음을 솔직하게 말하지 못하고 거짓으로 비겁하게 회피한 것도, 정성껏 이벤트를 준비해준 사람에게 차갑게 문자 한 통 보내고 잠수를 탄 것도…. 아무리 감정적으로 힘들었다 하더라도 나로 인해 커진 상대방의 마음에 찬물을 끼얹고 도망친 것은 명백한 잘못이었다. 만약 그날 그를 만나러 나가서 내가 느끼는 복잡한 마음을 모두 이야기했더라면 어땠을까?

오랜 날들이 지나고 우연히 한 친구를 통해 그의 소식을 듣게 되었을 때, 나는 조심스레 그에게 지난 일을 사과하고 싶다는 의향을 전해달라고 친구에게 부탁을 해보았다. 그 후 며칠이 지나도록 답이 없다가 친구가 내게 어렵게 말을 꺼냈다. 지금에 와서 사과를 하는 건 좋지 않을 것 같다고….

그때 나는 알아챘다. 친구가 분명 그에게 내 의사를 전했지만 거절당했다는 것을. 그의 상처는 여전히 화끈거리고 있었다.

눈을 감고 그 시절을 회상하면 이기적이게도 연애에 서툴고 어리숙했던 내 자신이 이해되기도 한다. 하지만 언제나 그 이해의 끝에서 화끈거리는 미안함을 느끼며 눈을 번쩍 뜬다. 그러곤 다시는 사랑에 서툴고 더디더라도 결코 차가워지지 말자고, 부끄러운 다짐을 마음에 새긴다.

어느 날 사라진 디지털 메이트

그는 캐나다의 한 음반제작사에 다니는 프로듀서이자 자유로운 거리연주가였다. 당시 고등학생이던 나는 인터넷 서칭을 하다가 우연히 그가 운영하는 디지털 공간을 발견했고 그곳에서 그의 연주를 듣게 되었다. 낯선 나라의 낯선 공기를 머금은 감성적인 멜로디는 사춘기 고등학생의 마음을 핑크빛으로 물들이기에 충분했다.

어느 날 평소처럼 내 디지털 공간의 안부 글을 살펴보고 있는데 어딘가 익숙한 닉네임 하나를 발견했다. 내가 남몰래 흠모하던 그였다! 심장이 벌렁벌렁거렸다.

"공연을 끝내고 새벽 비행기로 막 도착해서 쉬고 있어요. 조금 전에 한국 일기예보를 보니까 태풍도 올라오고 장마까지 겹쳤다고 하네요? 활동하기 불편하겠어요. 그래도 비 오는 낭만의 시간을 맘껏 만끽하길 바랄게요. 음악은 선물입니다."

창밖에 내리는 비를 보며 그가 보내준 연주곡을 여러 번, 아주 여러 번 들었다. 그 후 우리는 거의 매일같이 서로의 디지털 공간에 사적인 안부 글을 주고받으며 마음을 나누었다.

"나만큼 힘든 사람이 있을까? 널브러진 악보들을 보며 머릿속이 온통 이 말들로 채워지는 시간이네요. 지금 하고 있는 일을 너무 무리해서 시작하는 게 아닌가 고민이에요. 생각보다 악상도 떠오르지 않을뿐더러 한 시간에 한 마디를 쓰는 것도 감지덕지라서 말이에요. 오늘은 몇 마디 쓰지도 못하고 지금껏 만든 음악을 잊어버리지 않게 녹음하는 작업에만 10시간을 보내고 나서야 한숨을 돌렸어요. 저야 항상 이렇게 보낸다지만, 교환학생으로 가게 되는 지혜 양의 준비와 계획에는 별 차질이 없는지 궁금해요. 어릴 적부터 집도 없이 외국을 떠돌다시피 했던 제 생각에 비춰볼 때 첫 마음은 설레지만 막상 현지에서의 타국살이는 사랑니의 짜릿한 괴로움과 마찬가지로 의지할 그 무엇과 누군가가 필요할 거라는 생각이 드네요."

"짠! 생각해보니 한국은 오늘 빼빼로 데이잖아요. 한국에 있었다면 어떻게든 전해줬을 텐데, 아쉬운 마음을 담아 이렇게라도 해주고 싶어요. 웃기죠? 바보 같다는 거 아는데도 마음은 편하니… 참 이상해요. 피아노 한 곡 녹음해서 제 다이어리에 올리고 저도 쉬려고요. 오늘은 특별히 지혜 양이 좋아할 만한 피아노 곡으로 해볼게요. 잘자고, 예쁜 꿈 꾸세요."

"지혜 양을 알아가면서 현명함과 따스함을 느꼈어요. 지나간 이야기지만 속으로 '지혜 씨 같은 여자랑 결혼하면 참 행복하겠다'라는 생각까지 했으니까요. 지혜 양이 아름다워서 기억하는 점도 있지만, 따뜻한 마음씨를 가진 여성분에게 마음이 더 가는 저니까요. 좋은 인연의 기억은 생각보다 길고 오랫동안 남는다는 걸 하루하루 살아가면서 알게 됩니다. 지혜 양의 근황이 궁금해서라도 종종 들러 인사할게요. 혹시라도 속마음에 하고 싶은 말이 있다면 언제든 글 남겨도 좋아요. 우린 서로에게 좋은 멘토잖아요? -멋진 오빠가."

어떻게 이런 사람에게 반하지 않을 수 있을까? 그의 공간에 참새처럼 드나들 때부터 조짐이 느껴졌는데, 연락을 주고받은 시간이 쌓이면 쌓일수록 나는 점점 더 그에게 빠져들었다. 타국에 살아서 당장 만날 수 없는 디지털 메이트이기에 더 환상을 가졌는지도 모르겠다. 하지만 나는 이미 그가 우주에 사는 외계인이라도 상관없을 것 같았다. 디지털 공간 안에서 이렇게 따뜻한 진심을 나눌 수 있다는 게 너무나 놀라웠다.

얼굴을 마주하고 있지 않아 더 편하고 솔직하게 마음을 털어놓을 수 있었겠다는 생각도 든다. 현실에선 남자라면 부끄럽고 어색해서 도망갔을 그때의 내게 디지털 공간은 최적의 연애 장소였던 것이다 (연애였다고 생각하는 건 지극히 저만의 생각일 수 있습니다).

알고 보니 그는 어릴 적에 한국에서 캐나다로 입양된 사람이었다. 친가족이 보고 싶지 않느냐는 내 물음에 그는 그런 마음도 있고 그렇지 않은 마음도 있다며 담담하게 답했다. 나는 그의 사정이 안타까우면서도 이 모든 이야기가 로맨틱한 소설처럼 느껴져서 점점 더 감정을 이입하게 되었다.

그러던 어느 날이었다. 학교에서 돌아오자마자 늘 그랬던 것처럼 컴퓨터를 켜고 그의 디지털 공간에 들어갔다. 그런데 화면이 이상하게 이전에 보아왔던 것과 달랐다. 흰 바탕에 '웹페이지를 찾을 수 없습니다'라는 문구만 덜렁 떠 있는 것이었다. 새로고침을 여러 번 해봤지만 변함이 없었다. 이상함을 감지하자 심장이 빠르게 뛰기 시작했다. 사라진 것이다. 그가 사라졌다! 믿기지 않아 저녁에도 다시 들어가보고, 다음 날도, 그다음 날도 들어가보았다. 하지만 완전히 사라져버렸다. 어떤 말도 없이, 어떤 신호도 없이, 어떤 비난도 없이. 그는 내게 피아노 연주도, 잘 자라는 인사도 하지 못하는 그저 흰 화면이 되어버렸다.

아주 오랜 뒤에 영화관에서 〈그녀(Her)〉(2014)라는 작품을 보게 됐다. 마음을 나눴던 AI 사만다가 어느 날 갑자기 사라지자 주인공이 정신을 잃고 헤매는 장면에서 나는 문득 그를 떠올렸다. 10년 이상의 시간이 흘렀지만 당시 흰 화면을 보고 느꼈던 상실감과 충격이 내 안에 고스란히 남아 있는 것 같았다. 그는 어디로 사라진 걸까? 디지털이란 수단을 탓할 게 아니라 갑자기 사라진 그를 야속하게 여겨야 한다는 걸 알지만, 순간순간 첫사랑처럼 그가 떠오를 때면 나는 다시 되뇌며 느끼곤 한다.

우리의 심장은 디지털 기기가 아니라서 전원 끄듯 단번에 꺼질 수 없다는 것을, 아주 오랫동안 아픔이 남는다는 사실을 말이다.

이별에도 예의가 필요할까?

오래전 방영했던 드라마에서 나온 장면이다. 여자 주인공이 새로 만나게 된 남자와 공원에서 산책을 하다가 남자의 전 연애에 대해 묻는다. 그러자 남자는 조금 당황한 듯하더니 말없이 계속 걷기만 한다. 여자가 왜 대답을 하지 않느냐고 재차 묻자 남자가 나지막한 목소리로 말한다.

"예의. 이별에 대한 예의요."

이별에도 예의가 있을까? 누군가는 이렇게 말할 수도 있을 것이다. '이별에 무슨 예의가 있나요? 문자로 헤어지고 차단하는 게 만나서 질질 짜며 정리하지 못하는 것보다 훨씬 깔끔하고 현명하죠.' 과거에 내가 고한 이별의 양상도 대부분은 이와 비슷했다. 변명을 해보자면, 내 경우엔 문자 이별 통보가 깔끔해서라기보다 얼굴을 마주보기 힘들고 두려워서 비겁하게 피해버린 것이었다.

과거의 나는 내 사랑이 상대의 사랑보다 몇 걸음 앞서 끝나버리면 상대에게 계속해서 이별 신호를 보내는 것도, 통화를 이어가며 노력해보자는 말을 듣는 것도 지치고 힘들다고 느꼈다. 그러다 결국 문자로 '헤어지자' 네 글자를 보내버린 후 잠깐 자유로움까지 느꼈고 남은 그리움은 며칠 밤 눈물로 흘려 보내버렸다. 곧 다시 새로운 사랑이 시작되면 이전 사랑은 과거의 서랍 속에 완전히 버려졌다.

그러나 시간이 흐르고 흘러 마음속 서랍을 정리하다 문득 이름조차 희미해진 서랍을 열어보게 될 때면, 불현듯 과거의 차가웠던 이별의 순간들이 훅하고 날아와 가슴 안에 박혔다. 그뿐이라고 처박아뒀던 기억들은 마음 안에서 썩지 않고 그대로 남아 내 얼굴을 빤히 바라보고 있었다.

누군가를 아프게 하면 그 아픔이 부메랑이 되어 내게 돌아온다는 말, 외면하고 싶었지만 처절하게 사실이었다. 나는 많은 이들에게 잘못을 했는지 그것을 아주 차가운 아픔으로 돌려받았다.

어느 날 새벽, 나는 심한 복통을 호소하며 대학병원 응급실에 실려 갔다. 의사는 부모님에게 긴급 수술을 하지 않으면 생명이 위태로울 수 있다고 했고, 나는 구토를 하느라 정신이 없어 남자친구에게만 문자로 이 사실을 알리곤 휴대폰을 껐다.

장장 여섯 시간 동안의 긴 수술이 끝나고 병실로 옮겨졌다. 아직 마취가 덜 풀려서 정신이 혼미한 상태였다. 그때 내 휴대폰에서 알람 소리가 울렸다. 걱정하고 있는 남자친구일 것 같아서 부모님께 휴대폰을 건네달라고 했다. 그렇게 한 손으로 힘들게 휴대폰을 든 나는 환한 액정 화면을 바라보았고… 몇 분 동안 숨을 쉴 수가 없었다.

'헤어지자.'

다섯 해였다. 스물다섯 아름다운 청춘에 만나 뜨겁게 사랑을 한 시간이…. 가끔 서로의 다름 때문에 다투기도 했지만 이렇게 차갑도록, 이토록 잔인하도록 사랑을 끊어야 하는 이유를 도저히 찾을 수 없었다. 퇴원을 하고도 나는 그에게 답장을 하지 않았다. 힘든 날들을 그저 내가 버텨주길 바랐다.

믿기지 않겠지만, 아니 믿고 싶지 않겠지만 몇 년이 흐른 뒤 그와 나는 다시 연락을 주고받게 되었고 결혼까지 하게 되었다. 상처가 무뎌진 건지, 아니면 바보같이 나 자신보다 그를 더 많이 사랑해서인지 모르겠다. 아마도 알 수 없는 여러 이유보다 더 답에 가까운 것은, 다시 만나서 '왜 그래야만 했느냐'라고 울부짖으며 물었을 때 그가 한 말 때문이지 싶다.

"준비하던 시험공부를 오래 하다 보니 지쳤어. 그땐 그냥 다

벗어나고 싶었어."

너무나 솔직한 이 말이 과거의 나 같아서, 전 연인의 노력해보자는 말에 힘들어서 그럴 수 없다고 딱 잘라 말했던 나 같아서, 이별에 예의 따위는 없었던 어리숙하고 서툴던 나 같아서… 아무 말도 할 수 없었다.

가벼운 이별 방식은 깔끔하고 정확하며 때론 쉬운 도피처가 되어줄 수 있다. 하지만 잊지 않았으면 좋겠다. 사랑은 결코 새로운 부품으로 바꿔 끼울 수 없으며 이전의 사랑 위에 쌓이고 쌓여 다음 사랑으로 이어진다는 것을.

살면서 그에게 받은 상처가 화끈거릴 때면 나는 서툴고 어린 우리가 간절히 용서받길 바란다. 하지만 깊은 마음의 상처는 회복되기가 지독히 어려워서 아픔을 견디고 견디며 더 많이 사랑해나가는 방법밖에 없는 것 같다.

조건보다 더 필요한 것

그간 소개팅을 하며 느낀 점은 세상에는 참 다양한 사람들이 존재한다는 것이었다. 그중 베스트 오브 베스트로 기억에 남는 사람과의 에피소드를 이야기해보려고 한다. 좋았던 기억보다 최악의 기억이 더 오래 남는 법. 그는 '소개팅 후 강제로 스킨십을 하려고 했던 남자', '돈을 빌리려고 했던 남자', '소개팅 중 뒤 테이블에 친구들이 몰려와 나를 구경하는데 같이 웃었던 남자' 등을 물리치고 1위로 등극한 사람이다(기대하시라!).

그를 만난 건 내가 서른한 살 때였다. 나의 오랜 친구가 소개해준 사람이라 자세히 알아보지 않고 일단 만나보기로 했다. 첫인상은 평범했다. 큰 키에 약간 마른 몸, 정장 차림에 안경을 낀 전형적인 오피스맨. 자유로운 환경의 회사에서 에디터로 일하고 있던 나와는 다른 점이 많을 것 같긴 했지만 문제될 건 아니라고 생각했다. 그는 오랫동안 회계사 자격증을 취득하기 위해 공부해오다 이젠 그만두고 취업 준비를 하고 있다고 했다. 공기업과 대기업에 서류를 넣어놓은 상태라고 강조하기에 나는 '그렇구나, 열심히 사는 사람이네'라고만 생각했고, 그보다는 내가 어떤 말을 하든 환하게 웃는 모습이 인상적이어서 만남 끝에 그의 애프터를 수락했다.

며칠 뒤 사람들로 붐비는 금요일 저녁 강남역에서 그와 다시 만났다. 약속한 레스토랑에 먼저 도착해 줄을 서 있던 그는 나를 보자 웃으며 인사를 건넸다. 식사하는 내내 주변이 시끌벅적했지만 우리는 서로에게 최대한 집중하며 대화를 나누었다.

식사가 거의 끝날 즈음 그가 내게 말했다. "조용한 곳으로 커피 마시러 가요. 제가 재미있는 거 보여드릴게요." 그러면서 눈썹을 찡긋 올렸다. '재미있는 거? 뭔가 준비했나?' 하고 나는 궁금해하며 일어나 그의 뒤를 따랐다.

카페는 생각보다 한적했다. 내가 자리에 앉아 화장을 고치는 사이 그가 주문한 커피를 가져왔다. "재미있는 게 뭔데요?" 그가 자리에 앉자마자 내가 기대에 찬 표정으로 물었다. "아, 이거 진짜 재미있는 건데요. 잠시만요!" 그러곤 그가 주머니를 뒤적뒤적하더니 휴대폰을 꺼내 뭔가를 검색하기 시작했다. 휴대폰 액정을 쳐다보고 있는 그의 입꼬리가 스윽 귀까지 올라갔다. 나는 점점 더 궁금해져 눈을 크게 뜨고 그를 바라보았다. 그때 그가 휴대폰을 내 얼굴 앞에 가져다 대며 말했다. "이게 뭔지 아세요?" 나는 순간 흠칫했다. "지난 번에 ○○아파트에 산다고 했죠? 이게 지혜 씨네 아파트 가격이에요. 신기하죠? 재밌죠?" "…네?" 나는 이 황당한 상황에 그만 버퍼링이 걸려버렸다.

그가 보여준 건 부동산 앱으로 검색한 우리 집 가격이었다. '이게 뭐가 재밌는 거지?' 하고 의아함이 스치던 그때 그가 한술 더 떠 말했다. "지혜 씨, 그때 언니 한 분 있다고 하셨잖아요? 그럼 나중에 이 금액 언니랑 반반 나눠 갖는 거예요?" 하고 씩 웃는 얼굴.

당신이 만약 그때의 나라면 그에게 어떤 말을 했을까? "네. 저와 결혼하고 저희 부모님이 돌아가시면 이 돈의 절반이 우리의 지분이 될 거예요"라고 말했을까? 순간 복잡한 감정이 휘몰아쳤다.

조건을 이리저리 따져 결혼하는 커플이 많다. 집안이 여유로운 한 지인은 오래 사귀었던 가난한 남자친구와 헤어지고 자신과 비슷한 집안의 남자와 결혼을 했다. 내가 그녀에게 어떻게 그런 단호한 선택을 할 수 있었냐고 물었더니 그녀가 이렇게 답했다. "내가 이 사람과 결혼을 결심한 가장 큰 이유는 기존의 내 생활에 큰 변화가 없을 것 같아서였어. 나는 그걸 바랐거든." 일리가 있다고 생각했다. 무엇보다 그녀는 자신의 기존 생활을 사랑하고 있었고 그것을 유지하고 싶었던 것이다.

결혼 후 불화가 생겨 이혼하는 커플들을 보면 가장 큰 원인이 두 사람의 문제라기보다는 돈이나 가족이라는 외부적 문제인 걸 보면, 더더욱 조건을 따지는 안전한 만남이 현명할 수 있다는 생각이 든다. 그런데 왜 나는 그날 부모님의 재산이라는 경제적 조건을 묻는 그에게 화가 났던 걸까?

그는 말이 없어진 내 모습을 보고 당황해하며 거듭 미안하다고 말했다. 그러곤 가야겠다는 나를 굳이 데려다주겠다며 우리 집 인근까지 따라왔다. 나는 뒤도 돌아보지 않고 집으로 들어왔다.

나이 든 나의 아빠는 늘 그랬듯이 다 큰 딸을 마중 나와 잘 다녀왔냐고 안아주셨다. 언제나 따뜻한 아빠의 품에서 나는 생각했다. '나도 알고 있다. 돈이 있으면 더 많은 행복의 기회를 가질 수 있다는 거. 하지만… 세상을 살아갈 때 그보다 더 많이 필요한 건 그냥 이렇게 조건 없이 안아주는 사랑일 것이다.'
왜 우느냐는 아빠의 물음에 아무 일도 아니라며 어깨를 떼고 냉큼 내 방으로 들어왔다.

항상 강인하게만 보였던 나의 어머니는
조금은 약해지신 목소리로 내게 말하셨지.
살다 보니 성공이 전부는 아니더구나.
그 뻔한 말이 내게 이제 와 와닿는 걸 보니
어른으로 나 어른으로.

– 로이킴, '어른으로' 가사 중에서

그 후 그는 내게 수시로 장문의 메시지를 보냈다. 자세히 읽어보진 않았지만 미안하다는 내용인 것 같았다. 별 생각이 들지 않았다. 그저 그의 가치관이 나와는 다른 것 같아 더 이상 연락하고 싶지 않았다.

한 달 정도 지났을까? 친구와 상하이를 여행하던 중 호텔에 와 피곤해서 짐을 풀고 누웠는데 갑자기 문자 한 통이 왔다. 이 시간이라면 또 그 사람일 듯해서 보고 싶지 않았다. 그런데 친구가 내게 휴대폰을 건네며 말했다.

"지혜야, 그 사람 같은데? '지혜 씨, 저 공기업 입사했습니다'라는데?" 나와 친구는 황당한 얼굴로 3초쯤 서로를 바라보았다. 그리고 동시에 말했다.

"뭐래…."
그렇게 웃고 넘겼다.

잘 싸우는 남자를 찾습니다

"저는 잘 싸우는 것이 잘 사랑하기 위해 꼭 필요한 요소라고 봅니다!" 다섯 남녀가 사랑의 자격을 논하던 테이블에서 나는 이렇게 외치고 있었다. 사람들은 덧붙임이 필요하다는 표정으로 나를 빤히 바라보았다. '하…. 결국 내 연애사를 털어놔야 하나?' 하고 나는 와인잔을 내려놓고 말을 이었다.

"연애하면서 크고 작은 문제가 생기잖아요. 그럴 때마다 감정을 빼고 이성적으로만 논할 수 있다면 얼마나 좋을까요? 하지만 사랑을 이성으로만 할 수 없듯 연애 중에 발생한 문제도 로봇처럼 이성만 꺼내 풀 순 없다고 생각해요. 감정이 스며드는 건 자연스러운 일이죠. 무조건 '차분히 대화로 풀어라'라는 조언이 저는 가혹하게 느꺼져요. 울 수도 있고 때론 너무 화나면 화를 낼 수도 있다고 봐요. 하지만 사랑 싸움에서도 꼭 지켜야 할 것이 두 가지 정도는 있다고 생각하는데….” 사람들이 연신 고개를 끄덕였다. “첫째, 감정이 폭발해서 도가 넘는 말을 하지 않도록 적절히 이성과 조율할 것. 둘째, 싸움을 하기 싫다고 회피하지 말 것. 연애를 하다 보면 문제가 생기는 건 지극히 자연스러운 일이죠. 문제를 극복해나가며 사랑이 견고해진다고 생각해요. 그런데 싸움이 시작되면 ‘이 사람은 나랑 안 맞나 보다’ 하고 줄행랑치는 사람들 있잖아요? 그런 사람들은 아직 사랑할 기본적인 자격을 갖추지 못했다고 봅니다.” 흥분한 내 모습을 보고 모두가 놀란 듯했다.

그날은 꽤 많이 취했다. 나는 지하철에 앉아 그를 떠올렸다. 20대 중반, 우연히 만나 운명 같은 사랑을 했던 남자. 웃고 울기를 반복하며 보낸 오랜 연애 기간 동안 계속해서 독단적 이별 통보를 했던 남자. 그를 떠올리면 가슴에 주먹만 한 식빵이 꽉 막혀 있는 듯했다.

한두 번이 아니었다. 우리 앞에 문제가 발생하면 나는 무엇이 문제인지, 어떻게 하면 좋을지 논하길 원했지만, 그는 언제나 아무 말이 없었다. 여러 차례 대화를 거부당한 나는 혼자 답답해하며 속앓이를 하다 결국 울며 그를 나쁜 사람이라고 비난했고, 시무룩한 그의 표정을 마주한 다음 날이면 어김없이 ‘헤어지자’라는 문자를 받았다. 문제에 대한 해결 방법을 몰라서 쉽게 의견 내기가 어려웠다는 건 이해한다. 하지만 나는 그에게 명확한 답변을 바란 것이 아니었다. '어떻게 하면 좋을까? 같이 고민을 좀 해보자'라는 내 말에 '그러자, 무슨 방법이 있을까?'를 간절히 기대했을 뿐. 그러나 그에게선 언제나 '글쎄, 모르겠네'라는 답만이 돌아왔다. "함께 문제를 해결하려는 의지라도 보여줘야 하는 거 아니야?" 하고 재차 물어도 다 소용없었다.

그때의 우리에겐 분명 맞지 않은 것들이 있었다. 삶의 속도라든가 환경, 성격, 가치관 등등 모든 것이 달랐다. 사랑하는 마음 하나로 이런 것들을 다 맞추기엔 버거웠다. 하지만 노력해보지도 않고 어려울 것 같으니 그냥 헤어지자는 건, 내겐 뜨거운 심장의 코드를 강제로 뽑아버리는 것처럼 매번 너무나 아픈 일이었다.

고레에다 히로카즈 감독의 영화 〈어느 가족(Shoplifters)〉(2018)에는 피는 섞이지 않았지만 각자의 사연을 가진 타인들이 만나 한 가족을 이루고 생활하는 이야기가 나온다. 할머니의 연금으로 생계를 유지하고 물건을 훔쳐서 생활하는 가난한 가족이지만 그들의 일상에는 웃음이 끊이지 않는다. 그들에겐 다른 건 다 없어도 서로를 포기하지 않고 끊임없이 이해하고 포용하려는 진정한 사랑이 있었기 때문이다. 영화 속에서 아이가 방에 누워 그림책을 소리내 읽는 장면이 나오는데 그 내용은 이렇다.

스위미가 알려주었다.
절대 흩어지면 안 되며 각자 위치를 지켜야 한다는 걸
모두가 한 마리의 큰 물고기처럼 헤엄치게 됐을 때
스위미가 말했다.
"내가 눈이 될게"라고.
아침의 차가운 물속을
한낮의 반짝이는 빛 속을
하나가 되어 헤엄쳐서
커다란 물고기를 내쫓았다.

– 레오 리오니, 〈헤엄이(Swimmy)〉 중에서

'사랑하지만 그녀를 위해 헤어짐을 결심했다', '그녀가 이별을 망설이고 있으니 내가 결심했다' 같은 가사를 담은 노래를 들을 때면 그때의 그가 생각난다. 비겁하고 나약한 이들의 자기 미화. 그런 그들과 사랑을 하려고 애써왔지만 결국 이별을 당한 그녀들은 과연 어떤 생각을 할까? '나를 위해 헤어져줬구나. 참 고맙다. 덕분에 다른 왕자님을 만나 행복하게 잘사는 공주가 될 수 있겠네'라고 생각할까?

나와는 다른 타인과 사랑을 한다는 건 원래 무척 어려운 일이다. 그러니 어려움이 있다고 도망가는 건 사랑이 아니다. 사랑을 한다는 건 최선을 다해 함께가 되어 커다란 물고기를 내쫓아보는 일이다.

여러 번 만나고 끝내기를 반복하다 또 다투게 되었다. 예상했던 대로 다음 날 그에게서 이별 통보 메시지를 받았다. 그리고 나는 그날 나 자신에게 말했다. '더 이상 사랑에 나를 희생시키지 말자'라고…. 아무리 그를 사랑한다고 하더라도, 사랑할 준비가 되지 않아 계속 도망가는 사람을 붙들고 노력해보자고 하는 건 너무나 아픈 일이었다.

심장에서 코드가 뽑혀 나는 또 버벅거리며 한참을 헤매었지만, 이번엔 그가 죽도록 밉거나 원망스럽지 않았다. 서툰 사람이지만 언젠가 그도 사랑할 준비가 되어 영원히 곁에 머무는 아름다운 사랑을 할 수 있길 바랄 뿐이었다.

'알겠어. 잘 지내'라고 답변을 한 후 그날 밤 나는 깊은 잠을 잤다. 밤새 내 안에 보이지 않은 사랑의 레벨이, '차직' 하고 한 단계 올라가는 듯했다.

대가 없이 주는 사랑

9시 뉴스를 보고 있으면 '저렇게 안 좋은 일이 많이 일어나는데 어떻게 세상이 망하지 않고 돌아갈까?'라는 의문이 들곤 했다. 현실에는 영화처럼 초능력으로 악을 물리치는 히어로가 있는 것도 아닌데 참 신기한 일이었다. 거리에 지나다니는 사람들은 다들 자기 인생을 사느라 바빠서 세상을 구하는 일 따위에는 그다지 관심이 없어 보였다. 또 살면서 만난 관계들은 내게 암묵적으로 '네가 이만큼 해줬으니 나도 이만큼 해줄게. 너도 안 하면 나도 안 해'라는 행동을 보여줬고, 대부분 이걸 당연하게 여기는 듯했다.

그렇다면 아무 대가 없이 세상을 구하는 일은 도대체 누가 하는 것일까? 지구 반대편으로 기아와 난민을 구하러 간 의사가? 봉사자가?

그 소수의 사람들이 세상의 모든 악을 물리칠 수 있을까? 아니면 그저 자신의 일을 열심히 하는 판사가? 경찰이? 나는 늘 그것이 궁금했다.

그러던 내가 그들을 만난 건 저녁 8시, 퇴근하는 사람들로 북적이던 지하철 안에서였다. 나는 사람들 틈에 끼어 넘어지지 않으려고 애쓰며 힘겹게 중심을 잡고 있었다. 다음 정거장에서 내릴 예정이었다. 그때 내 주머니 안에서 휴대폰 벨이 요란하게 울렸다. 당황해서 움찔하던 사이 내릴 역에 도착했고 나는 휴대폰을 주머니에서 꺼내며 사람들을 비집고 겨우 내렸다. 그런데 그때 '그 일'이 벌어졌다.

어떤 남자가 내 뒤를 따라 내리더니 나를 애타게 부르는 것이다. "저기요! 저기요!!" 나는 '뭐지?' 하면서 한 손에 휴대폰을 든 채로 고개를 돌렸다. 그때 희한한 광경이 눈앞에 펼쳐졌다. 출발하고 있는 지하철 안에 탄 사람들이 일제히 손가락으로 긴급히 한곳을 가리키고 있는 것이다. 마치 단체로 모션아트를 하는 것 같았다. 그러곤 그들은 지하철과 함께 유유히 사라졌다.

의아해서 걸음을 멈췄는데 같이 내린 남자가 내게 다가와 말했다. "이거요!" 그의 손에는 내 눈에 익숙한 카드 지갑이 들려 있었다. 그렇다! 내가 주머니 안에서 휴대폰을 꺼내면서 함께 들어 있던 지갑을 지하철 안에 떨어트렸고, 누군가 그것을 집어 밖으로 던져주었고, 한 남자가 본인이 내릴 역도 아닌 곳에 내려 내 지갑을 주워준 것이다. 그리고 혹여나 내가 못 볼까 봐 생판 모르는 열차 안 사람들이 카드 지갑을 가리키며 열렬히 선행을 베푼 거였다. 당시 나는 얼떨떨해서 그에게 고맙다고 제대로 인사도 못 한 채 고개만 꾸벅하고 지갑을 얼른 받아 왔다.

집으로 돌아오는데 왠지 마음이 따듯해졌다. 아무리 안 좋은 일이 많이 일어난다고 해도 세상이 균형을 잃지 않고 돌아가고 있는 이유를 그제야 알 것 같았다.

세상에는 얼굴에 쓰여 있진 않지만 선한 마음을 가진 천사들이 아주 많다. 그들은 '오는 게 있어야 가는 게 있다. 오는 말이 고와야 가는 말도 곱다'라는 무엇이든 평등하게 수치화하려는 세상에 살고 있지만, 아이가 혼자 울고 있으면 엄마 어디 있느냐 물어주고, 할머니가 넘어지려 하면 잡아드리고, 지하철에서 일행을 붙어 앉게 하기 위해 한 자리씩 자리를 옮겨주는 대가 없는 사랑을 베푼다.

내가 누군가의 생일을 챙겨줬는데 상대가 내 생일에는 아무것도 안 해준다면 서운해서 '나도 다신 안 해줘야지'라는 마음이 드는 게 어찌 보면 자연스러울지 모른다. 하지만 각박한 이 세상이 인간성을 잃지 않고 흘러가는 이유는, 서툰 사람에게 어떤 대가 없이도 먼저 다가가 따듯하게 손을 내미는 아날로그한 사랑의 힘 덕분일 것이다. 나는 우리 모두의 깊은 마음 안에 그런 힘이 숨 쉬고 있다고 믿는다.

MBTI 궁합률 최저 커플

지금은 처음 만나는 사람에게 "MBTI가 뭐예요?"라고 묻는 게 인사 같은 관례가 된 것 같다. 내가 한창 연애하던 시절에는 이렇게 물어보면 "MB… 뭐요?"라고 되물었을 텐데 말이다.

예전에 대기업 인사팀에 다니던 사람과 소개팅을 한 적이 있었는데 그가 식사를 마친 후 가방에서 MBTI 설문지를 꺼내 같이 해보자고 했을 때, 당시의 나는 '이 남자가 나를 샅샅이 파악해 사귈지 말지 결정하려고 하는구나!'라는 생각이 들어 적극적으로 호응해주지 않았다. 하지만 요즘엔 나도 MBTI에 대한 질문을 받으면 예전보다 덜한 거부감으로 대답한다.

대략 10년 전, 그때 사람들은 혈액형이나 손금 같은 것으로 상대방의 성격을 대충 짐작해 맞히곤 했다. 요즘 젊은 세대의 사람들은 무슨 샤머니즘 같은 소리냐며 웃을 수도 있겠지만, 당시엔 카페에서 두 남녀가 서로의 손바닥 크기를 맞춰보고 남자가 여자의 손바닥을 한참 들여다보는 모습을 꽤 쉽게 발견할 수 있었다. 그 시절 나는 친구들 사이에서 알아주는 혈액형 맹신자여서 처음 보는 사람이면 무조건 혈액형부터 물었고, 잡지 맨 뒷장에 실리던 별자리 운세까지 궁합이 맞으면 수많은 물음표를 운명이라는 단어로 종결시키곤 했다.

지금까지 이런 고민은 없었다! 남편과 궁합을 맞춰보지 않고 만남을 시작한 것은 내 인생 최대의 실수인가, 아니면 행운인가? 나와 남편은 만나자마자 첫눈에 반했고, 로맨스 영화의 주인공들처럼 서로에게 금세 빠져들었다.

두 번째 만남을 가졌을 때가 떠오른다. 사람들로 북적이는 금요일 밤, 우린 도심의 한 카페에 앉아 서로를 바라보고 있었다. 나는 평소에는 잘 입지 않던 순백의 원피스를 입고 머리엔 곱슬곱슬 웨이브를 넣은 상태였다. 어두운 카페 안엔 비트가 빠른 음악이 크게 흘러나오고 있었다. 더 자세히 묘사하고 싶지만 그럴 수 없는 건, 우리가 그날 아무것도 신경 쓰지 않고 서로만을 응시하고 있었기 때문이다. 사람들의 말소리도, 주변의 풍경도, 어떤 음료를 주문했는지도 잘 기억나지 않는다. 하지만 그의 흔들리는 눈동자와 귀에 거의 닿을 듯이 올라간 입꼬리, 미세하게 떨리는 손가락 같은 건 그림으로 그릴 수 있을 정도로 생생하게 기억난다. 혈액형, 손금, 별자리 같은 건 묻지도 않았다. 이미 그런 것들은 중요하지 않았으니까. 그렇다고 실속 있는 대화를 한 것도 아니었다. 그냥 서로를 바라보다 가끔 웃고 음료를 마시고 다시 웃고 한 게 전부였다. 묻고 따지지도 않고 스며든 인연에 나는 더없이 그가 내 운명이라고 느꼈고, 시간이 흘러 우린 결혼까지 하게 됐다.

그런데 유부녀가 된 후 나는 친구들에게 이렇게 말하고 있다. "얘들아, 운명이란 건 없다? 그냥 사랑에 빠지면 그 사람을 운명이라고 믿는 것뿐이야."

혈액형도 별자리도 거두게 만든 내 운명의 동반자는, 결혼 후에 보니 나와 맞는 구석이라곤 조금도 찾아볼 수 없는 남자였던 것이다. 좋아하는 것도, 대화하는 것도, 생활하는 것도 하나같이 달라서 어디서부터 맞춰야 결혼 생활이 잘 유지될지 겁이 날 정도였다. 아니나 다를까 MBTI 검사를 해보니 그와 나는 최악의 궁합률을 자랑하는 ISTP와 INFJ 커플이었다. 남편의 MBTI를 보고 '아차!'하는 표정을 지었더니 내 표정을 우스꽝스럽게 따라 하는 그가 얄미울 따름이었다. 연애하던 시절, 함께 슬픈 영화를 보면 펑펑 우는 나와는 달리 말똥말똥한 눈빛으로 나를 보며 배시시 웃던 그를 알아봐야 했던 것이다.

하지만 나와 MBTI가 정반대인 남편과 몇 년을 함께 살아본 지금은, 어릴 적 그때 운이나 데이터로 사람을 판단하지 않고 사랑부터 시작한 내 선택이 행운이었다는 생각도 든다. 만약 그때의 내가 MBTI를 절대적으로 믿고 그가 ISTP라는 걸 알았더라면 우린 아예 만남을 시작하지 못했을 수도 있다. 그랬다면 내가 슬픈 드라마를 보고 축 처져 있을 때 환하게 웃으며 기분을 풀어주는 남편도, 손대중으로 요리해서 밍밍한 요리를 정확한 계량으로 살려주는 남편도, 내 행동을 신기하고 귀엽게 봐주는 남편도 없었을 것이다. 분명 성향이 다르면 불편한 점이 있지만 진정으로 사랑한다면, 그런 것들은 신선한 자극이 될 뿐 무거운 걸림돌은 되지 않는다고 느끼고 있다.

"역시 F일 줄 알았어요. 저는 T인데"하고 말하는 새 친구와 "저는 O형이 아니라 B형이랑 잘 맞는데요"하던 과거의 내게 말해주고 싶다. 진정 사랑하는 마음을 갖게 된다면, 그런 알파벳 같은 것들은 다 부질없어진다고.

휴대폰이랑 사귀는 거야?

"분명 같이 있는데… 너무 외로워."

휴대폰에 시선이 고정된 남편에게 말했다. 그는 재미난 걸 보고 있었는지 옅은 미소를 띤 채 나를 보았다.

"뭐라고?"

이런 행동을 하는 사람은 남편뿐만이 아니었다. 가족, 친구, 직장 동료와도 비슷한 경우가 빈번히 일어났다. 그들은 나와 식사를 하면서도, 여행을 하면서도 틈만 나면 휴대폰과 귓속말을 했다. 무엇을 보았는지 물어볼 순 있었지만, 왠지 앞에 있는 나를 무시하는 듯한 기분이 들어 자존심이 상해 물어보지 않았다. "지금 나랑 있는데 누구랑 메신저를 주고받는 거야?"라고 따지거나, "나와 있을 땐 휴대폰 보지 말고 데이트에 집중해줬으면 좋겠어"라고 부탁하면 디지털 꼰대처럼 보일 것 같기도 했다. 기분 좋게 만났으니 그냥 내가 눈 감아주면 되지 않나 싶었다. 그런데 오랜만에 만나는 친구는 그렇다 쳐도 매일 함께하는 남편이 이런 식이라면 참는 데 한계가 있는 것이다.

남편의 행동을 묘사하면 이렇다. 눈앞에 당장 할 일이 없으면 무조건 휴대폰을 켠다. 모처럼 쉬는 시간에 휴대폰을 보는 건 괜찮은데, 시시때때로 틈만 나면 휴대폰을 들여다보니 문제다.

내가 신나게 말을 하던 중 잠깐 정적이 흐르거나 반찬통을 가지러 간 짧은 사이에도 시선이 휴대폰에 향해 있다. 그런 모습을 보면 내가 하는 말에, 더 나아가 나에게 관심이 없는가 싶어 온몸에 힘이 쭉 빠졌다. 뭘 보나 슬쩍 엿보니 몇 초짜리 쇼트폼을 계속 넘기고 있었다. 데이트를 나가거나 여행을 하는 중에도 똑같다. 처음엔 레스토랑을 구경한다. 그러다 요리가 나오면 허겁지겁 먹는다. 식사 속도가 비교적 느린 내가 그에게 대화를 시도하려고 하면 그의 머릿속에 '앗, 나에게 틈이 생겼다! 재밌는 휴대폰을 꺼내자'라는 알람이 울린다. 조용히 자연을 느끼면 좋을 산에 가서도, 구경하며 서로 의견을 나누면 좋을 전시회에 가서도 늘 나는 남편의 절친인 휴대폰에게 밀렸다. 이런 상황이 반복되니 둘이 함께 있는데도 나는 언제나 답답했고 소외감을 느끼게 되었다. 쉴 때는 휴대폰 콘텐츠를 마음

껏 보더라도 함께할 땐, 무엇보다 우리의 시간을 가장 소중히 여겨
주길 진심으로 바랐다.

하지만 이런 내 마음을 어떻게 설명해야 할지, 또 내게 변화를 요
구할 자격은 있는 건지 몰랐다. 솔직히 말해 나 자신도 내 삶의 틈
사이사이에 휴대폰을 꺼내 드니 말이다. 요리를 가스 불에 올려놓
고 잠깐 휴대폰을 보다 태워버린 적도 있었고, 글을 쓰다 쉬고 싶어
휴대폰을 들었다가 몇 시간 동안 헤어나오지 못한 적도 있었다. 그
렇게 되면 결국 요리든 글이든 마음에 드는 결과물을 얻지 못했다.
나는 내 모습을 되돌아보며, 휴대폰을 선택적으로 사용하는 것이 생
각보다 무척 어려운 일이라는 걸 깨달았다.

우리는 마주한 조용한 공백을 싱거워도 건강하게 음미하며 천천
히 보내기보다, 맵고 짠 휴대폰 콘텐츠들로 꽉꽉 채우기 바쁜 것 같
다. 의도적으로 상대를 무시하려는 게 아니라 자극적인 맛에 중독
되어 쉽게 끊기 어려운 것이다. 그러니 나는 '저 사람이 왜 데이트
를 나와서 휴대폰을 보며 나를 무시하는 거야?'라며 혼자 자존심 상
해 있을 게 아니라, 그에게 말해야 한다고 생각했다.
분명 같이 있는데 너무 외롭다고. 이 시간, 우리가 되고 싶다고.

정신을 차려보니 어느새 2021년이네.

종일 연락은 하고 있어도 사실은

전화기 너머로 들리는 목소리일 뿐이잖아.

취해서 같이 〈프렌즈〉를 보고 휴대폰을 컵받침으로 쓰는

그런 파티를 원한다면 우리 같이 시간을 돌리자.

천장에 달린 전등마저도 즐거웠던 그때로.

우리 사랑이 방해받기 그전으로.

다시 이전으로 돌아가고 싶어.

영원히 그 감성으로.

너와 나 우리 모두 1999년에 갇히도록.

- 밸리, 'Like 1999' 가사 중에서

남편이 휴대폰을 내려놓고 나를 바라보았다. 그러곤 같이 배시시 웃었다. 쉽지 않지만 우리는 노력하고 있다. 돌아가기 위해서.

우리의 사랑이 방해받기 그전으로, 우리가 주인공인 그곳으로.

'사랑해'라는 말은 안 해도

아인슈타인도 공식으로 풀 수 없는 게 있다면 아마도 사랑이 아닐까? 내가 지금까지 '이건 사랑이다'라고 이해할 수 있었던 건 대부분 '사랑해'라는 말이 아닌 다른 표현으로 다가왔다. 사랑은 밤늦게 퇴근한 아버지의 손에 들려 있던 아이스크림같이 달콤하기도 했고, 애정 표현 없는 남편의 시 선물처럼 예상할 수 없기도 했으며, '우리 딸 괴롭히는 사람 있으면 엄마가 다 혼내줄 거야'라는 든든한 안온함이기도 했다. 하지만 가족 중 유독 한 사람에게 나는 뜨거운 마음을 느낄 수 없었다. 내가 오래도록 그녀를 미워했기 때문이다.

그녀는 작은 키에 곱슬거리는 머리, 짙은 화장을 하고 손가락엔 큰 옥가락지를 두 개나 낀 나의 외할머니다. 엄마는 종종 어릴 적 외할머니에게 서운했던 일들을 내게 토로하셨다. 학교에서 돌아오면 어린 동생들을 돌보는 것이 의무였던 첫째 딸, 그런 장녀에게 생활의 많은 부분을 의지했던 그녀의 엄마, 동생들을 돌보느라 밤낮으로 고대하던 수학여행도 가지 못했던 날들…. 그런 이야기를 듣고 있으면 내가 그 먼 과거로 가서 어린 엄마를 위로해준다 해도 아무 소용이 없을 것 같았다. 나는 그저 할머니가 미웠다.

외할아버지와 외할머니는 이상한 구석이 있었다. 매번 멀쩡히 식사를 하다가 갑자기 큰 목소리로 싸우시곤 이내 아무 일 없었다는 듯 서로의 숟가락에 고기 반찬을 올려주며 웃으셨다. 한번은 두 분을 모시고 계곡 근처 펜션으로 놀러 간 적이 있었다. 전날 비가 많이 와서 펜션 근처의 산이 무너져 내릴 수도 있는 위험한 상황이었다. 지금 같으면 분명 다른 곳을 찾아봤을 테지만 그때는 거기까지 간 수고가 아까워 그냥 묵기로 했다. 외할아버지는 당신이 가장 위험한 곳에서 자겠다며 가장 안쪽에 누우셨고 그다음 아빠, 할머니, 엄마와 나 순으로 잠을 청했다.

하늘이 도왔는지 우리는 다음 날 다행히 살아서 일어났다. 다들 안도의 표정을 짓고 있을 때 아빠가 웃으며 말했다. "어젯밤 내내 장인어른이 옆에 있는 제 팔과 다리를 주물러주셨어요. 하하. 너무 시원해서 그냥 가만히 안마를 받았네요." 그 말에 모두가 웃었다. 할아버지는 평소 할머니가 여기저기 쑤시고 아프다고 하면 주무시면서도 할머니를 주물러주는 분이셨다. 정말 이해가 되지 않았다.

같이 붙어 있으면 항상 으르렁거리며 싸우시는데 어떻게 또 저렇게 서로에게 정다울 수 있을까?

외할아버지가 돌아가신 날, 나는 장례식장 구석에 할머니와 앉아 있었다. 그때 할머니가 가방에서 작은 수첩을 꺼내더니 삐뚤빼뚤한 글씨로 적힌 이름과 전화번호를 손으로 짚으며 휴대폰으로 전화를 걸기 시작했다. 전화 연결음이 휴대폰 너머까지 크게 들렸다. "여보세요? 순자냐?" 할머니가 힘없는 목소리로 물었다. "아? 네 언니." 조금 당황한 것 같았다. "할아버지 저세상 가셨어⋯. 흑흑흑." 할머니가 흐느끼셨다. 한참 정적이 흐르다 순자라는 분이 답했다. "아... 네." 그게 다였다. 상심이 크겠다는 위로도, 찾아뵙겠다는 약속도 없었다(당시, 위험 단계까지는 아니었지만 코로나 시기이긴 했다). 할머니도 당황하셨는지 "응, 그래. 그렇게 알거라" 하고 전화를 툭 끊으셨다. 그러곤 한숨을 푹 쉬더니 "내가 지 아들딸 결혼할 때 다 가고 힘들 때 얼마나 챙겨줬는데. 가족이란 년이⋯ 씨펄 것" 하고 혼잣말을 하셨다. 그런 전화가 계속 이어졌다.

할머니가 홀로 되셨을 즈음, 나도 결혼을 해서 혼자가 됐다. 남편이 생겼지만 체감상 혼자가 된 것 같았다. 서울에서 태어나 자라고 오랫동안 빌딩 숲 속에서 직장 생활을 해왔던 나는, 결혼을 하면서 남편의 직장과 가까운 경기도 경계의 작은 마을로 이사를 가게 됐다. 오직 그의 편의를 위한 선택이었다. 아파트를 나와 조금만 걸으면 논밭이 보이는 풍경은 내게 너무나 생소했다. 그곳엔 당연히 아는 사람이 한 명도 없었고, 더욱이 남편은 바다에서 일하는 사람이라 한 달에 여섯 번밖에 집에 들어오지 않아 홀로 낯선 땅에 뚝 떨어진 것 같았다.

나는 약 10년 동안 트렌드를 주도하는 잡지 회사에서 에디터로 일했고, 다양한 회사와 협업하며 활동해왔는데 지방에선 이런 나의 경력을 조금이라도 살려 일할 수 있는 곳이 전무했다. 또한 친구를 구할 수 있는 커뮤니티도 부족했다. 또래 친구를 사귀어보려고 문화센터에 등록을 하면 '인원이 부족해서 폐강되었습니다'라는 공지만 받을 뿐이었고, 동네생활 인터넷 게시판에 '외로우니 같이 산책이나 운동하자'라는 글을 올리면 '가슴이 크냐, 작냐?'라며 이상한 채팅으로 유도되었다. 그럴 때면 정착해보려고 애써 노력하던 마음이 와르르 무너져버렸다.

교통편도 좋지 않아 서울에 있는 친정집에 가려면 4시간 이상의 긴 여행을 떠나야 했고, 운전이 미숙하기도 했지만 개인 차를 사서 자유롭게 다닐 형편도 되지 못했다. 이 먼 곳까지 옛 친구를 부르는 것도 한두 번이었다. 하루에 사람의 얼굴을 보고 한 마디라도 하고 싶어 근처 가게에 가서 아낀 돈을 쓰며 처음 보는 사장님에게 말을 걸면 그날은 잠을 좀 잘 수 있었다.

남들은 꿈같이 행복하다는 신혼 생활이 내게는 유배지 같은 곳에서 홀로 외로움을 견뎌야 하는 극한 체험이었다.

결국 나는 우울증에 걸렸다. 혼자 샤워를 하다가 포효하는 늑대처럼 미친 듯이 소리를 질렀고, 매일 울면서 잠이 들었다. 나중에 알고 보니 남편의 직장 선배들 중에도 우리와 같은 케이스가 꽤 있었는데 아내들이 도저히 외로움을 견디지 못해 좀 더 나은 환경으로 이사를 갔다고들 했다. 그 말을 들으니 '내가 이상한 게 아니구나'라는 생각이 들어 조금은 위로가 되었다.

힘든 신혼 생활 속에서 가장 힘이 되어준 사람은 엄마, 언니 그리고 예상 외로 외할머니였다. 엄마와 언니는 내가 베란다에서 서성일 때, 혼자 잠을 청해야 하는 밤에 전화를 해주었다. 덕분에 나는 꾸역꾸역 울음을 멈출 수 있었다.

바다에서 남편이 돌아오면 우린 종종 친정에 갔고, 그곳에서 며칠을 머물며 우울증 치료를 받았다. 또 친정에 가면 가끔 외할머니도 만날 수 있었다. 할아버지를 먼저 떠나보내시고 외로워진 할머니는 이것저것 먹을 것을 사 가지고 엄마 집에 자주 오시는 모양이었다.

그러던 어느 날 모자를 벗고 식탁에서 한숨을 돌리시던 할머니가 나를 부르셨다. 그리곤 내 얼굴을 찬찬히 살피더니 말씀하셨다. "으휴 쯧쯧… 우리 강아지 친정집에 오래 있거라. 여기 넓고 좋잖아. 서울에서 직장 다니던 것이 거기서 남편도 없이 혼자 얼마나 외로울꼬. 엄마가 오지 말라고 하면 할미네 집에 와. 할미가 맛있는 거 사줄게." 그 말을 듣자마자 나는 나도 모르게 아기 강아지처럼 엉엉 울어버렸고 할머니는 놀라며 옆에 와 나를 안아주셨다. 어릴 때 무엇 때문에 서럽게 울다 할머니의 등에 업혀 잠들었던 때가 어렴풋이 떠올랐다. 내가 세세히 어려움을 토로하지도 않았는데 할머니는 내 마음을 다 아는 것 같았다.

할머니는 그런 분이셨다. '사랑해'라는 고운 말은 직접 못해도, 뜨겁고 깊은 사랑을 지닌 분. 나는 그녀의 진한 언어를 서른 중반이 넘어서야 알게 됐다. 아마 수학여행을 못 간 어린 엄마도, 이젠 서툰 할머니의 이면에 담긴 따뜻한 마음을 이해하고 있지 않을까 싶다.

언제나 내가 곁에 있을게

울지 마라

외로우니까 사람이다

살아간다는 것은 외로움을 견디는 일이다

공연히 오지 않는 전화를 기다리지 마라

눈이 오면 눈길을 걸어가고

비가 오면 빗길을 걸어가라

갈대숲에서 가슴 검은 도요새도 너를 보고 있다

가끔은 하느님도 외로워서 눈물을 흘리신다

새들이 나뭇가지에 앉아 있는 것도 외로움 때문이고

네가 물가에 앉아 있는 것도 외로움 때문이다

산 그림자도 외로워서 하루에 한 번씩 마을로 내려온다
종소리도 외로워서 울려 퍼진다

– 정호승, 〈수선화에게〉

시는 내게 외로우니까 사람이라고 했다. 차가운 바람이 불 때면 나는 그 말을 되뇌며 위로를 받았다. 하지만 살면서 도저히 혼자서는 견디기 힘든 날들이 있었고, 그럴 때면 나는 엄마와 언니에게 기대어 울었다. "괜찮을까?" 물으면 그들은 든든한 나무처럼 내 곁을 둘러싸고 "그렇다"라고 응원해주었다.

내가 혼자 견디기 힘들었던 건 사랑하는 존재들을 잃는 것에 대한 두려움이었다. 사랑이 깃든 모든 것들도 결국엔 시간이 흐르면 자연스럽게 낙엽이 지고 거름이 된다는 걸 알곤 있지만 받아들이기가 어려웠다. 밤새 엄마가 내 옆에 같이 누워 있기를 바라는 어린아이처럼, 나는 언제까지나 모든 사랑을 끌어안고 있고 싶었다. 지금 누리는 사랑을 잃으면 속절없이 무너져버릴 것만 같았다.

내 자신에 대한 사랑도 그랬다. 특히 건강에 대한 불안이 높은 편이어서, 몸에 낯선 이상이 생기면 매번 긴장하며 진찰을 받았다. '겁쟁이'라고 스스로에게 말하기도 했지만 행동은 마음대로 되지 않았다. 건강을 잃으면 모든 걸 잃게 되고, 그럼 삶을 사랑하는 것도 하지 못하게 될 거란 두려움이 나를 꽁꽁 감싸고 있었다.

결혼 전엔 건강한 편이었는데 작년엔 어려운 신혼 생활 때문인지 계속 몸이 이곳저곳 아파서 병원에 가 여러 검진을 받게 되었다. 그런데 초음파 검사를 하던 중 갑자기 의사의 표정이 어두워지더니 내게 "의뢰서를 써줄 테니 얼른 대학병원에 가보는 게 좋겠다"라고 말하는 것이다. 덜컥 겁이 났다. 나는 진료실을 나오자마자 엄마에게 울며 전화를 걸었다. "엄마, 나 괜찮겠지?" 하고 물으니 그녀는 "괜찮다"라고 단호하게 말해주었다. 그래도 두려움은 가시지 않았다.

며칠 뒤 대학병원에 진료를 받으러 갔다. 의사는 내가 가져온 초음파 사진을 자세히 들여다보더니 "음, 모양이 좋지 않네요. 여기도 저기도"하며 심각한 표정을 지었다. 나는 의사의 바짓가랑이를 잡고 살려달라고 애원할 판이었다. 의사는 추가로 CT와 조직검사를 해보자고 했고 그 후 나는 무려 한 달 동안 지옥 같은 나날을 보냈다.

내 소식을 들은 가족들은 단단히 작전을 짠 모양인지 "아무것도 아닐 거야~!"라며 위로가(?)를 합창해댔다. 요양 차 친정에 머물렀지만 한 달 동안 거의 잠을 이루지 못했다. 큰 병이 아니라면 정말 이제부터는 욕심 안 부리고 하루하루 감사하게 살겠노라 기도했다. 어느 책에서 '행복한 사람은 삶에서 만 개를 바라고, 아픈 사람은 오직 한 개를 바란다'라는 글귀를 읽은 적이 있었는데 당시 내가 딱 그랬다. 내가 바라는 것은 오로지 건강뿐이었다.

힘든 날들이 꾸역꾸역 지나 마침내 검사 결과를 들으러 가는 날이 됐다. 병원엔 언니가 동행해주었다. 환자가 많아 나의 진료 순서가 계속 밀리고 있었다. 시간이 지날수록 불안감이 점점 증폭됐다.

언니는 긴장한 나를 안정시켜주려고 온갖 이야기를 쉬지 않고 늘어놓았다. 한 시간 정도가 지나자 드디어 내 이름이 대기 전광판에 떴다. 가슴이 터질 듯 두근거렸다.

언니가 함께 있긴 했지만 그 순간, 나는 완전히 혼자가 되었다. 어떤 결과든 그것을 받아들여야 하는 건 다른 이가 아니라 나 자신이었고, 견뎌야 하는 것도 나 자신이었다. 순간 사무치게 두려움이 몰려왔다. '외로우니까 사람이다'라는 시구도 마음에 와닿지 않았다. 그럴 수만 있다면 나는 위기에 처한 나를 버리고 멀리멀리 도망가고만 싶었다. 그런데 그 순간 갑자기 뜨거운 무언가가 마음 깊은 곳에서 훅 올라왔다. 잠시 뒤 나는 두 손을 꽉 움켜쥐고 스스로에게 속삭였다.

'버리지 않아. 절대 버리지 않아.
어떤 일이 있어도 내가 내 곁에 있어줄 거야.
내가 끝까지 사랑할 거야.'

간호사가 마침내 내 이름을 불렀고 나는 벌떡 일어나 진료실로 들어갔다. 의사는 내 뼈가 훤히 보이는 CT 사진을 들여다보며 한결 온화한 목소리로 "종양은 없네요"라고 말했다.
순간 삶을 다시 얻은 느낌이었다. 큰 병이 아니어서도 그랬지만, 내가 주인이 되어 내 삶을 스스로 지킬 수 있는 용기를 느껴 눈물이 핑 돌았다. 진료실을 나오자마자 언니는 엄마에게 가장 먼저 전화를 걸었다. 아무렇지 않은 척하셨던 엄마의 흐느끼는 울음소리가 휴대폰 너머로 들려왔다.

온 마음을 다해 행복을 빌지만 그럼에도 나는 언젠가 끝까지 지키고 싶었던 사랑을 잃는 순간이 올 것이다. 그러나 나는 이제 알 것 같다. 외롭고 아픈 순간에도 결코 혼자가 아니라는 것을. 그곳엔 서툴고 번거롭고 낡아져도 영원히 내 곁에서 사랑을 주는 '내가' 있다는 것을. 언제나 찬란하게 아름답고, 따듯하게 강한 아날로그 사랑이 있다는 걸 말이다.

우리 영원히. 사랑을 하자. 아날로그하게.

04
—
내면에서 피어나는
Analog Elegant

내면을 아름답게 하는 아날로그

자로 잰 듯 정확히 좌우 균형이 맞는 눈과
잡티 하나 없는 깨끗한 피부는
메스와 기계, 디지털로
쉽게 만들어낼 수 있는 예쁨입니다.

그러나 단순한 미를 넘어
진정한 아름다움을 갖기 위해서는
수십 번 매너 있는 태도를 갖추려 노력하고
수백 번 가벼운 욕망을 절제하며
수천 번 나를 사랑하기로 결심하는
서툴고 느리고 어려운 아날로그의 길을 걸어
내면을 가꾸어나가야 합니다.

삶이 아름다워지기 위해서는
우리 자신이 진정으로 아름다워져야 합니다.

그냥 예쁜 거 말고
이젠 아름다워질래요

20대 때의 나는 절실하게 예쁘고 트렌디한 사람이 되길 원했다. 정확하게 좌우 균형이 맞는 두 눈과 오뚝한 코, 날카로운 턱선, 잡티 하나 없는 깨끗한 피부, 핏을 살려주는 봉긋한 가슴과 탄탄한 허벅지까지 디지털 매체에 나오는 미인의 기준에 나를 맞추고 싶었다. 또 더 핫한 것, 더 트렌디한 것을 좇으며 빠르게 흘러가는 디지털 시대에 뒤처지지 않기 위해 애를 썼다.

그러나 지금 생각해보면 '그런 것들이 정말 예쁘기나 했던 걸까?'라는 의문이 든다. 그저 디지털상의 기준을 맹신하는 이들의 시선을 의식하면서 마치 완벽해 보이는 스크린 안의 것들로 나를 채우다 보면 예뻐질 거라고 착각한 것 같기도 하다.

우아한 패션의 선두 주자 코코 샤넬은 "아름다운 얼굴은 어떤 것인가요?"라는 질문에 "아름다움은 자기 자신이 되길 스스로 결심한 그 순간부터 시작됩니다"라고 답했다. 자기 계발 이론가 데일 카네기도 아름다움에 대해 "머리부터 발끝까지 당신을 빛나 보이게 하는 건 자신감입니다"라고 말했다. 즉, 두 사람 모두 진정한 아름다움을 갖기 위해서는 타인의 기준을 좇으며 조각 같은 얼굴과 날씬한 몸매를 만들기 위해 애쓰는 것이 아니라, 스스로를 사랑하는 내면을 갖추었을 때 비로소 발현된다고 본 것이다.

나는 한 살 한 살 나이를 먹고 세상에 존재하는 다양한 사람들을 만나며 과거에 맹목적으로 좇았던 디지털 기준의 예쁨이 그저 하나의 종류였다는 것과 세상에는 훨씬 더 깊이 있는 미(美)를 가진 사람들이 존재하고 있다는 사실을 깨달았다.

그들은 자로 잰 듯한 외모를 가지진 않았지만 형용할 수 없는 각자 본연의 반짝임을 지니고 있었고, 유행과는 거리가 먼 옷을 입고 있는데도 전혀 촌스럽지 않고 오히려 멋져 보였다. 또한 일상엔 가벼운 화려함이 아닌 정돈된 품격이 단단히 자리하고 있으며, 그 안에서 스스로의 감정을 적절히 다스려 어떤 상황 속에서도 행복을 찾아가는 매력을 지니고 있었다. 그것은 결코 타인의 시선을 의식한 허울뿐인 예쁨이 아닌, 스스로에 대한 사랑과 높은 자존감에서 비롯된 진정한 아름다움이었다. 어떻게 보면 차라리 성형수술을 하는 게 더 빠르고 쉽겠단 생각이 들 정도로 갖기 어려운 고품격의 미인 것이다.

 서른 중반에 다다라서야 나는 겉으로만 화려한 예쁨이 아닌 이러한 본질적인 아름다움에 매력을 느끼게 되었고, 이를 삶에 반영해보고 싶다는 소망을 갖게 되었다. 그러나 빛나는 내면은 휴대폰을 업데이트하듯 쉽고 빠르게 얻을 수 없는 법. 그로부터 진정한 아름다움을 위한 나의 길고 고된(?) 수련이 시작되었다.

우아한 아우라를 가진 여자

내면이 아름다운 여자는 단지 예쁘기만 한 여자에겐 없는 일종의 아우라(Aura)가 있다. 어떻게 하면 그런 고고하고 신비로운 아우라를 가질 수 있을까?

얼마 전 휴대폰을 땅에 떨어뜨려 고장 나고 말았다. 아직 약정 기간이 끝나지도 않았을뿐더러 내가 유독 전자기기에 무지한 사람이라 무척 당황했다. 그냥 뚝딱 새 폰을 사도 되지만 과거에 휴대폰을 사오면 "그걸 그 돈 주고 샀다고? 와, 당했네 당했어"라는 지인들의 말을 들어와서 선뜻 구매하는 게 쉽지 않았다.

문제의 포인트는 늘 여기에 있었다. 저 업자들이 분명 나를 속이려 할 것이고, 그럼 나는 속수무책으로 터무니없는 손해를 보게 될 거라는 생각. 이를테면 처음으로 간 헤어숍에서 디자이너가 내 머리를 보고 "많이 상했네요?"라고 말하거나, 제대로 이해하기 힘든 보험 설명서를 봐야 할 때 이러한 의심은 도드라졌다. 생각해보면 영업직원들은 대부분 친절한 편이었는데(판매라는 목적이 있어서 그랬을 수도 있지만), 나는 항상 한 발짝 물러나 그들을 의심스러운 태도로 대하곤 했다. 그럼 그들도 나의 이러한 태도를 금방 눈치채고 미적지근한 반응을 보였고, 결국 나는 서비스를 잘 받고도 속았을 거란 생각에 계속 기분이 찜찜했다.

그날은 급해서 어쩔 수 없이 혼자 부서진 휴대폰을 가지고 대리점을 찾았다. 직원이 나를 자리로 안내하고 설명해주기 시작하자, 또 마음 안에 의심의 불꽃이 파닥파닥 튀어올랐다. 그러나 이번엔 내면이 아름다운 삶을 살아보기로 다짐했기에 조금 다른 태도로 임해보기로 했다. 나는 꼬아지는 다리를 풀고 삐쭉거리려는 입을 고정했다. 직원의 말이 진실인지 아닌지는 스스로 알아보면 되니, 지금은 최선을 다해 설명해주는 말을 경청하고 친절하게 답해보기로 한 것이다.

그렇게 대리점 네 군데를 들러보았다. 놀랍게도 의심의 눈초리와 말투로 대했던 과거와는 달리, 내가 친절한 태도를 보이자 직원들은 나를 무시하는 게 아니라 더 친절하고 더 진실된 서비스를 제공해주었다. 물론 상업적인 의도를 보인 곳도 있었지만 현명한 선택은 내가 내리면 되는 것이니 문제되지 않았다. 그날 나는 처음으로 누군가의 도움 없이, 속았다는 기분 없이 좋은 서비스를 받고 휴대폰을 고칠 수 있었다.

내 안의 두려움을 핑계로, 혹은 선입견을 가지고 처음 보는 타인을 의심하고 불친절한 태도를 보이는 것은 우아함에 반하는 일이다. 다양한 사람들이 어우러진 사회에서 아름답게 살아가려면 우리에겐 현명한 우아함이 필요하다. 무조건 보자마자 100퍼센트 모두를 믿고 끝까지 친절하게 대하라는 게 아니라, 친절함의 깊이와 길이에 대한 선택은 본인이 신중하게 내리되 처음 보았을 때 친절한 태도로 임하면, 더 좋은 혜택을 받으면서도 우아함을 지킬 수 있다는 것이다(단, 상대방의 태도가 무례하지 않은 경우에만!).

그러고 보니 일명 전통시장의 우아한 여자였던 조 여사, 나의 어머니에 대한 일화가 떠오른다. 어린 시절, 가족 여행을 가면 우리는 항상 전통시장에 들렀다. 그럼 나는 늘 어머니에게 착 달라붙어 그녀가 장보는 것을 구경하곤 했다.

어떤 시장에 가든 너도나도 할 것 없이 원조 같아 보이는 상점들이 줄지어 있어서 어디를 가야 할지 도무지 판단하기가 어려웠다.

그러나 나의 어머니는 언제나 매의 눈으로 상점들을 한 번 쪽 훑어 본 뒤, 코난 도일처럼 확신에 찬 표정을 짓고는 성큼성큼 한 곳으로 들어갔다(도대체 어떠한 기준으로 상점을 선택하는 건지 여전히 의문이다). 어머니는 변장술에도 능해서 상점에 들어가자마자 사장님과 몇 년 지기가 되었고 어린 나는 분명 생전 처음 본 두 분의 진한 우정(?)에 아찔한 냉기를 느끼곤 했다.

구매에 이르기까지는 어머니만의 규칙이 있었다. 어머니는 항상 사장님에게 물건에 대해 두 개 정도의 질문만을 던졌고, 마음에 들지 않으면 바로 인사하고 나와 다른 상점으로 향했다. 그곳에서도 두 개의 질문을 던진 후 대개는 거기서 물건을 샀다. 전통시장에는 가격을 좀 더 깎아달라고 여러 번 요구하는 사람들도 있는데 어머니는 가끔 에누리 가능하냐고 살짝 물어볼 뿐, 웬만해선 그냥 구매하셨다.

어느 날은 조금 바가지를 많이 쓴 것 같은 기분이 들어 옆에서 지켜보던 내가 이렇게 상점이 많은데 대여섯 군데 정도는 가봐야 하지 않느냐, 좀 더 깎아달라고 하는 게 좋지 않느냐 물었다. 그러자 어머니는 고개를 절레절레 흔들며 이렇게 말씀하셨다.

"크게 다르지 않아. 저분들도 다 먹고살려고 하는 거야. 천 원, 이천 원 깎아달라고 말해서 기분이 상하면 서로에게 더 안 좋은 일이지. 그리고 지금 시간으로 봐서 내가 첫 손님일 수도 있잖아. 첫 손님이 가격을 깎으면 그날 장사를 망친다는 말도 있단다. 이것 봐, 웃으면서 사니까 덤으로 쥐포까지 받았잖아!"

타인을 인간적으로 바라보고 배려하는 마음과 스스로 올바른 정보를 알아보려는 현명한 노력, 이러한 내면에서 나오는 친절한 표정과 말투가 아름다운 아우라를 만드는 핵심 요소가 아닐까?

시장에 갔던 그날 어린 내 눈에는 터질 듯한 검은 비닐봉지를 양손에 들고 엉덩이를 삐쭉삐쭉 흔들며 기뻐하던 어머니가 세상에서제일 우아한 여자로 보였다. 돌아오며 나도 그런 멋지고 아름다운어른이 되고 싶어, 어머니의 손을 꽉 잡았던 것 같다.

표정을 잃은 어른들에게

혹시 당신도 그런 적이 있을까? 무표정으로 활짝 웃는 이모티콘을 메신저 대화방에 전송한 일. 그때 당신의 감정은 해맑은 이모티콘 같았을까, 아니면 무표정의 기분이었을까?

일상에서 뮤지컬 배우처럼 영혼을 불어넣어 표정을 살릴 필요는 없을 것이다. 그러나 내가 두려운 건, 휴대폰을 사이에 두고 나의 감정이 차갑게 식어가는 것이었다. 친구가 보낸 재밌는 글에 낄낄 웃는 이모티콘을 보내면서 입꼬리 하나 올라가지 않았고, 반대로 안타까운 사연을 들어도 엉엉 우는 이모티콘이 대신할 뿐 눈물이 흐르지 않았다. 이런 내 모습을 발견할 때마다 온몸에 소름이 돋으며 내 안에서 감정이란 것이 아예 사라진 것 같아 혼란스러웠다.

물론 편리한 디지털 기기의 발전으로 직접 만나 감정을 교류할 기회가 줄어들기도 했지만, 나 자신이 이렇게 차갑게 변한 원인이 모두 디지털 기기의 탓은 아닌 것 같았다.

분명 어릴 적에는 배꼽 잡고 웃었던 때가 많았는데 최근엔, 아니 꽤 오랫동안 그렇게 웃어본 기억이 없었다. 배꼽까지 잡진 않더라도 크게 미소 짓는 일도 별로 없었던 것 같다. 출근길에도, 모니터를 바라보며 일을 할 때도, 퇴근길에도 내 안면 근육은 움직이지 않았다.

나를 웃게 하는 사람들을 사랑한다.
나는 정말로 웃는 걸 좋아하니까.
웃음은 수많은 병을 치료한다.
사람에게 가장 중요한 것은 웃음이다.
– 오드리 헵번

웃는 걸 사랑했던 오드리 헵번. 생전에 여러 굴곡을 거친 그녀지만 많은 이들은 여전히 그녀를 밝고 명랑하며 우아한 여자로 기억한다. 그러한 이미지를 이어온 데는 그녀의 웃음이 큰 역할을 했을 것이다. 어떻게 그녀는 평생 그토록 해사한 웃음과 함께할 수 있었을까? 우아한 여자는 태생적으로 웃음 유전자를 가지고 태어나는 걸까, 아니면 노력으로 만들어지는 걸까?

우리의 표정은 내면의 감정에 영향을 받는다. 그리고 감정은 외부의 영향을 받는다. 그렇다면 우리가 웃지 않은 이유가 환경 때문인 것 같기도 하다. 하지만 가슴에 손을 얹고 생각해보자. 어릴 때 우리는 정말 사소한 일로도 배꼽을 잡고 웃곤 했다. 친구가 옷을 거꾸로 입고 왔다거나, 학원 선생님이 무언가를 잘못 말했다거나 그런 아무것도 아닌 일들에 말이다. 그리고 이런 비슷한 일들은 현재 우리 주변에서도 자주 일어나고 있다.

그렇지만 이제 우린 그런 일에 웃음을 잘 짓지 않는다. 맛있는 음식을 많이 먹어본 중년 아저씨가 입맛이 고급화되어 더 이상 맛집을 찾기 어렵다고 말하듯, 우리는 어느새 세상 물정 다 아는 어른이 되어 더 이상 그런 것에는 웃음이 나오지 않는다고 하는 것 같다.

가장 중요한 것은 당신이 인생을 즐기는 것, 행복한 것.
그것이 중요한 전부다.

− 오드리 헵번

아름다운 웃음을 지을 수 있는 여자는 인생을 아름답게 바라보는 가치관을 지녔다. 따분하고 힘든 일상 속에서도 작은 변화와 행복을 만들어 매 순간 감사한 마음으로 즐거이 살아가자는 태도를 가지고 있는 것이다.

이모티콘으로 대신했던 내 안의 감정들을 다시 깨우는 데는 시간이 좀 걸리겠지만, 나는 이제 삶을 아름답게 바라보고 하루하루를 조금씩 나의 표정으로 채우는 연습을 해나가려 한다. 그래서 굴러가는 돌만 보고도 웃음을 터트리고 친구의 눈물에 같이 엉엉 울던 그날들처럼, 순수하고 찬란한 행복을 다시 마주하며 살고 싶다.

아름답게 일하며 살아갈 용기

내가 사회생활을 하며 만난 직장인들 중엔 '아름답게 일한다'라고 표현할 만한 인물이 거의 없었던 것 같다. 대부분은 출퇴근과 동시에 한숨을 쉬며 주말만을 애타게 기다렸으니, 아름답기는커녕 처절하지 않으면 다행인 모습이었다. 역시 생계 수단인 노동에 '아름답다'라는 수식어를 붙이는 건 가식에 불과한 걸까?

내면을 가꾸어 나갈 때 비로소 삶이 아름답게 성장할 수 있듯이 일에서의 아름다움 또한 내면의 목소리를 얼마나 충실하게 듣고 행하느냐에 따라 결정된다고 생각한다. 누구나 부러워할 만한 연봉을 주는 회사에 다니더라도 일이 자신의 의지와 성향에 맞지 않다면 전혀 아름답지 않고, 반대로 작은 회사에 다니더라도 자신의 마음을 충실히 따르는 일을 하고 있다면 그 안에서는 아름다운 빛이 발산될 수 있다. 전자는 일이 그저 노동이니 일을 하면 한숨이 나올 수밖에 없지만, 후자는 일이 삶 자체라 힘든 순간이 오더라도 그 안에서 기쁨과 보람을 찾으며 내면을 밝게 비추는 것이다. 이처럼 영혼이 깃들어 있는 일 안에는 삶의 근본적인 가치, 즉 보람과 기쁨, 자신감과 자존감을 이끌어내는 내적 아름다움을 찾을 수 있다.

또한 일을 빨리 해치우고 퇴근하려는 사람과 진심까지 녹여내 일하는 사람은 일의 결과물에서도 차이가 날 수밖에 없다. 진심이 담긴 서비스나 제품은 고객에게 감동을 주어 자신의 행복뿐만 아니라 타인의 행복, 더 나아가 세상을 풍요롭게 만들 수 있다.

대부분의 사람들은 인생의 절반 이상을 일을 하며 보낸다. 그런데 일하는 시간이 고통스럽기만 하다면 사는 게 얼마나 허탈할까? 물론 누군가는 '무조건 월급 많이 주는 회사에서 9시부터 6시까지 힘든 거 참고 퇴근 후에 그 돈으로 삶을 즐기면 되는 거 아닌가요?' 라고 말할 수도 있을 것이다. 어떤 방식을 선택하든 맞고 틀린 것은 없다고 본다. 본인이 그걸 원한다면 본인에게 맞는 것일 테니까. 하지만 이왕 일할 거 좀 더 내 마음이 동하는 즐거운 일을 하면 더 좋지 않을까?

나는 대학을 졸업하고 규모가 있는 회사의 마케터로 일을 시작했다. 업무에 대한 진지한 관심보다는 연봉이나 회사의 타이틀에 끌려 입사했기 때문에 일을 하며 어려운 과제에 봉착할 때마다 스트레스가 이만저만이 아니었다. 기쁜 날은 오직 월급날밖에 없었고, 그다음 날부터는 또다시 전쟁이었다. 흥미가 없으니 노력해도 실력이 잘 늘지 않아 거기서 오는 스트레스도 많았다. 매일 아무도 없는 사무실에서 진한 커피를 마시며 꾸역꾸역 야근을 마치고 밤늦게 집으로 돌아오는 길엔, 늘 다른 어디론가로 가고 싶다는 생각이 불쑥불쑥 튀어올랐다. 진정으로 하고 싶은 일을 할 수 있는 곳으로 말이다.

이듬해 영세한 규모의 잡지사로 이직을 한 것은 결코 쉬운 결정이 아니었다. 하지만 이젠 연봉이나 회사의 규모만이 메리트인 곳이 아니라, 내가 원하는 업무를 할 수 있고 회사가 나아가는 방향이 나의 비전과 맞는 곳에서 일하고 싶었다.

자신의 마음에 따라 선택한 일을 하며 산다는 것은 예상보다 더 큰 만족감을 주었다. 일은 이제 삶과 별개의 노동, 그저 생계 수단이 아니라 내 삶의 중요한 핵심 동력이 되어주었다. 그러니 자연스럽게 일에 진심을 다하게 됐고, 회사에서도 점점 좋은 평가를 받았다. 또 지인들이 회사에 대해 물어보면 예전처럼 화려한 회사명이 적힌 명함을 건네진 못하지만 내 직업에 대해 훨씬 더 적극적이고 기분 좋게 소개할 수 있게 되었다.

그렇다고 해서 회사가 100퍼센트 마음에 들고 일하는 게 매번 행복한 건 아니다. 일은 놀이가 아니라 명백한 일이기에 자연히 불만도 생기고 힘들어 깊은 한숨이 나오기도 한다. 또 회사가 나의 가치와 다른 방향으로 가거나 내 마음에 변화가 생기면 이직할 생각도 있다. 하지만 마음 깊숙이 뿌리가 자란 일은 지쳐도 어느 정도 스스로 버텨낼 수 있으며, 퇴사에 대한 결정도 좀 더 신중하게 된다.

연봉이 높은 회사에 계속 다녔다면 지금보다 훨씬 더 많은 경제력을 갖췄을 것이다. 그러나 나는 당시의 내가 이직을 결정한 것이 천만다행이라고 생각한다. 그때 그렇게 하지 않았더라면 그로부터 무려 10년 동안이나 내가 좋아하는 일을 하며 느끼는 뿌듯함과 행복을 알지 못한 채 살았을 것이기 때문이다.

취업 사이트의 AI가 내 이력서의 수준에 맞춰 추천해준 회사에 지원을 하면 빠르고 쉽게 진로를 선택할 수 있다. 그렇지만 만약 당신의 진심이 그 길이 아닌, 현재는 보잘것없어 보이고 어려운 아날로그의 길을 가고 싶어 한다면 망설이지 말고 그곳으로 발을 내딛어보라고 말해주고 싶다.

땀 흘려 걸어가는 중간 중간 부드러운 햇살과 시원한 바람을 즐기며 행복하게 웃을 당신을, 분명 만나게 될 테니 말이다.

그저 정리 정돈만 했을 뿐인데

내면이 아름다운 사람들을 보면 삶이 정돈되어 있다는 느낌을 받는다. 구김 없는 깔끔한 옷차림, 잘 관리된 머릿결, 콤팩트한 가방속 물건들, 차분한 표정과 말투, 매너 있는 태도, 잊지 않고 지키는 약속 등 마치 잘 정돈된 서랍장을 보는 느낌이다. 필요한 게 있으면 헤매지 않고 바로 꺼내어 알맞게 사용할 수 있는 삶. 정돈된 삶 안에서는 헛된 물건, 헛된 생각에 휩싸여 혼동하지 않고 언제든 진실로 중요한 삶의 본질에 가까워질 수 있다. 나는 이러한 정돈된 삶을 오랫동안 동경해왔다.

반면에 내 일상 속엔 계속해서 받아들여 켜켜이 쌓인 것들이 어지럽게 뒤섞여 있었다. 급해서 대충 걸친 옷, 푸석한 머릿결, 터질 듯한 가방, 불안한 말투, 실수로 내뱉는 거친 말, 번번이 어기는 약속 같은 것들이 그랬다. 그러니 일상에서 무언가를 선택해야 할 때마다 아무리 스스로에게 질문을 던져도 자꾸만 잘못된 걸 골랐다.

더 이상 정리 정돈을 미룰 수 없었다. 나는 필요 없는 물건, 허울뿐인 관계, 어지러운 마음을 하나씩 정리해보기로 했다.

먼저 옷방의 옷부터 정리하기 시작했다. 한여름인 데도 서랍장 위에 목도리와 털장갑이 있었고, 양말들 사이사이에 스타킹이 엉켜 있었다. 한구석에는 몸에 맞지 않지만 버리기 아까워 대학생 때부터 모셔둔 미니스커트도 보였다. 나는 우선 계절별로 옷을 분리한 다음 필요 없는 것들을 과감히 버렸다. 그리고 구겨진 옷들은 반듯하게 다려 바로 입을 수 있도록 옷걸이에 걸어두었다.

어느 정도 정리하고 나니 신기하게도 내가 좋아하는 스타일과 색상이 눈에 들어오기 시작했다. 이젠 트렌드만 좇는 패션이 아니라, 내가 원하는 스타일로 나를 가꿀 수 있겠다는 생각도 들었다.

다음은 허울뿐인 인간관계를 정리하기로 했다. 휴대폰 연락처를 보니 이름을 봐도 누군지 알 수 없는 사람이 수두룩했다. 또 누군지 알긴 하지만 오래도록 연락이 끊긴 사람도 있었다. 옷깃만 스쳐도 인연이라는데 그대로 놔둬도 좋지 않겠느냐고 생각할 수도 있지만, 나는 조금이라도 마음을 나누지 않는 사람이라면 인연이란 단어에 맞지 않다고 생각한다.

먼저 뒤죽박죽 저장된 연락처들을 알게 된 경로에 따라 분리했다. 그리고 색이 바랜 인연들의 번호를 모두 지워버렸다. 그랬더니 내 인생에서 진실로 소중한 사람들이 보이기 시작했다.

마지막으로 복잡한 마음을 정돈하고 싶었다. 내 경우엔 매일 짧은 일기를 쓰는 것이 마음 정돈에 도움이 되고 있다. 일기를 쓰다 보면 바쁜 일상 속에 놓쳤던 내 안의 감정들을 세심히 바라볼 수 있고, 자연스럽게 내게 도움이 되는 감정과 정리해야 할 감정을 분리할 수 있게 된다. 나는 매일 밤, 일기장 한 페이지 안에 담은 마음만 간직하고 그 밖의 것들은 과거와 함께 보내주려 노력하고 있다.

삶을 정돈하는 일은 컴퓨터에 쌓인 파일을 한 번에 휴지통에 넣고 삭제 버튼을 누르는 것처럼 빠르고 쉽게 해치울 수 없을 것이다. 하지만 느리고 어렵더라도 조금씩 정돈하고 놓아주는 연습을 해나가다 보면 깨끗한 서랍장에서 내게 맞는 옷을 단번에 고를 수 있듯, 삶의 무수한 선택지에서 자신을 위한 현명한 선택을 할 힘을 기를 수 있을 거라고 믿는다.

서랍장에 차곡차곡 개워놓은 양말을 보고 있노라면 그들이 내게 이렇게 말해주는 것 같다. '물론이죠. 당신은 잘해낼 거예요(단, 내일도 또 정리한다면요).'

정리 정돈만 했을 뿐인데, 인생이 스르르 웃는다.

아름다워지는 매일의 의식

우리는 매일 세 끼를 먹고, 세 번 양치질을 하는 외면 의식들이 습관화되어 있다. 그렇다면 내면 관리는 어떨까? 내면은 외면처럼 보이고 만져지는 게 아니기에 '마음에 양식을 채우고, 정리하고, 씻어내는 의식'을 행하는 데에는 대부분 소홀하다. 오랫동안 마음을 방치하다가 결국 스트레스가 넘치면 폭식이나 일탈 여행으로 풀곤 하지만, 그것은 어디까지나 일시적으로 감정을 덜어내는 것일 뿐이다. 당장은 친구에게 감정을 호소하며 위로를 받는다고 해도 매일 타인에게 기댈 수도 없는 노릇이다. 그렇다면 스트레스가 쌓이지 않도록 내면을 정리하고, 그 안에 아름다운 기운을 채워 넣으려면 어떻게 해야 할까?

나는 내면도 외면과 같이 매일의 의식을 행할 필요가 있다고 생각했고, 사람들에게 내면 의식에 대한 조언을 구해보았다. 사람들은 대개 내면을 다스리는 수단으로 명상을 많이 추천했다. 그러나 명상이란 엄청난 인내심을 요하는 것이어서 인내심의 총량이 적은 나로서는 버겁게 느껴졌다. 그렇게 여러 번의 시행착오 끝에 마침내 나는 내 취향에 맞는 내면 의식을 정할 수 있었고, 기적적으로 지금까지 꾸준히 행해오고 있다.

내면 의식을 정하는 기준은 다음 세 가지로 두었다. 첫째, 의식을 행하는 데 많은 시간이 들지 않을 것. 둘째, 너무 어렵거나 복잡하지 않을 것. 셋째, 나 스스로를 사랑하는 의식일 것. 마지막 기준이 가장 중요했는데, 스스로를 사랑하게 되었을 때 비로소 자신의 힘듦을 건강하게 체화하는 힘을 키울 수 있기 때문이다. 이것이야말로 내면을 관리하는 주된 목적이라고 생각한다.

이 세 가지를 기준으로 삼아 정한 나만의 데일리 내면 의식은 이렇다. '아침 스트레칭 하기, 오일 마사지 하기, 감사일기 쓰기'. 하루에 이 세 가지를 최대한 간단한 방법으로 하고 있다.

매일 아침 일어나자마자 침대 아래에 둔 요가 매트로 몸을 굴려 간단히 전신 스트레칭을 한다. 원래 5분짜리 스트레칭인데, 2~3분으로 줄여서 간략하게만 하고 있다. 스트레칭을 할 때는 근육 하나하나에 말을 건다고 생각하며 천천히 움직인다. 그러다 보면 차가웠던 손발에 열이 오르며 자연스레 몸과 마음에 하루를 시작할 에너지가 차오른다.

바쁜 일상을 보내고 집에 돌아오면 따듯한 물로 샤워를 한 후, 오일을 손바닥에 묻혀 천천히 몸을 마사지하며 오늘 겪은 일들을 되뇌고 스스로를 이해하는 시간을 갖는다. 이때에는 내 행동의 옳고 그름을 결정하지 않고, 그저 느껴지는 감정에만 공감한다. 이를테면 '오늘 직장 동료가 멋진 가방을 샀다고 자랑했어. 순간 질투가 났지. 그래서 '멋지다!'라고 반응해주지 않고 그냥 커피를 가지고 휙 내 자리로 와버렸어. 왠지 부끄러운 마음이 들더라' 하고 마음이 말하면, 오일을 바른 손으로 몸을 쓰다듬으며 '질투가 났구나. 부끄러웠구나'라고 감정에 공감하는 것이다.

마지막으로 잠들기 전엔 감사일기를 쓴다. 한 줄만 쓸 때도 있다. 양은 상관없이 쓸 수 있는 만큼만 쓴다. 감사일기 쓰기는 복잡한 마음 안에서 진실로 중요한 본질을 발견할 수 있게 해줌으로써 질투, 불안, 미움, 슬픔 등의 어두운 감정을 가라앉히고 평온을 유지하도록 도움을 준다.

과거의 나는 어렵고 힘든 일이 있으면 무조건 스스로를 탓하는 방식으로 이미 넘쳐나는 마음의 쓰레기통에 스트레스를 던져버렸다. 그것이 가장 빠르고 쉬운 방법이었기 때문이다. 그러나 그럴수록 어두운 감정은 끝을 모르고 쌓여 자존감을 떨어트렸고 하는 일들은 계속 더 꼬여만 갔다. 하지만 느리고 번거로워도 매일 조금씩 내면의 의식을 행하면서부터는 자연스럽게 내 감정을 알 수 있게 되었고 좀 더 나은 사람으로, 내가 원하는 모습으로 점차 변화해가고 있다.

꼭 스트레칭이나 오일 마사지, 감사일기 쓰기 같은 내면 의식이 아니어도 좋다. 아침에 먹는 사과 하나, 지하철에서 듣는 좋은 음악 한 곡, 매일 한 시간 걷기, 퇴근길 밤하늘 보기 같은 단순한 일이어도 충분하다. 무엇을 하든 매일 조금씩이라도 내면으로 들어가 자신의 목소리를 듣고 사랑해줄 수만 있다면, 스스로 삶을 치유하고 좀 더 건강한 방향으로 나아갈 힘을 기를 수 있다.

하루 중 조금만 시간을 내어 휴대폰을 내려두고 작고 소중한 아날로그 의식을 행하며 내면의 문을 두드려보면 어떨까? 문이 열려 마주한 마음은, 당신이 생각하는 것보다 훨씬 더 간절히 당신이 평온해지길, 행복해지길 바라고 있을 것이다.

감동받는 일엔 아끼지 말아요

내 지인 중에 한 명은 자기계발서와 실용서만 읽어서인지 내가 시집이나 소설책을 읽는 걸 이해하지 못했다. 시나 소설은 현실에 필요한 지식을 직접적으로 전해주는 게 아니니 돈 낭비, 시간 낭비라고 생각했던 모양이다. 그가 내게 진지하게 '왜 소설을 읽느냐?'라고 묻기에 당시엔 한 번도 고민해보지 않아서 바로 답하지 못했는데, 이후에 자연스럽게 그 답을 찾을 수 있었다.

나는 나 자신에게 감동을 주기 위해 시와 소설을 읽는다. 감동받기 위해 비싼 돈을 주고 사진전에 가고, 감동받기 위해 시간을 들여 여행을 떠난다. 감동받는 일이 현실적으로 쓸모가 있는 것이라고 묻는다면 나는 명백히 '그렇다'라고 답할 수 있다.

눈에 보이거나 정확히 숫자로 가치를 따질 수 있는 것만이 쓸모 있는 것은 아니다. 감동을 받으면 그것은 마음 안에서 거대한 재산이 된다. 소설 속 주인공이 위기를 겪는 내용을 읽으며 아픔에 공감하는 능력을 기를 수 있고, 해석이 쉽지 않은 시어 너머를 상상하며 창의력을 쌓을 수 있다. 그뿐만이 아니다. 마음 안에 자리 잡은 감동은 계속 살아 숨 쉬며 다시 떠올릴 때마다 꽃을 피워 행복한 에너지를 발산한다. 그것은 결코 많은 돈으로도 살 수 없는, 삶을 건강하게 유지시키는 광범위한 기운이다.

내면이 아름다운 사람은 감동받는 일에 시간과 돈을 아끼지 않는다. 그들은 자신을 감동시키는 일이 인생 전체를 아름답게 하는 데 큰 역할을 한다는 걸 알고 있기 때문이다.

눈을 감으면 다시 생생하게 펼쳐지는 감동의 순간들 중 두 날의 기억을 떠올려본다. 그날은 초등학생 3학년인 내가 핑크색 내복을 두 겹이나 챙겨 입을 정도로 몹시 추웠다. 분명 선생님이 이번 주는 강추위라고 했는데, 왜 굳이 뜨뜻한 집을 놔두고 여행을 떠나야 하는지 도시락을 준비하는 어머니는 물론이거니와 어린 나조차 이해가 되지 않았다. 세상에서 가장 쓸모없는 짓 같았다. 하지만 아버지는 꼭 지금이 아니면 안 된다고 고집을 부리셨고, 우리는 점점 차가워지는 도시락을 가슴팍에 안고 차로 장장 네 시간 반을 달려 남해로 향했다. 목이 칼칼해지고 코가 어는지도 모른 채 잠에 취해 있던 나는 마침내 도착했다는 소리에 겨우 눈을 떴다. 차에서 내리자마자 정신이 번쩍 들 정도의 추위가 온몸을 감쌌다. 어둠 속에 깊은 숲의 내음이 가득 내려앉아 있었다. 어머니와 언니도 머리칼이 엉망인 채로 부들부들 떨고 있었다. 그때 아버지가 손으로 밤하늘을 가리키며 우리에게 말했다. "저 위를 봐!"

그 순간을 지금도 잊지 못한다. 이 기억을 가지고 다시 과거로 돌아가 그 추운 날의 어린아이가 된다면 나는 아마도 네 시간 반의 이동 시간 내내 설레어 잠을 이루지 못할 것이다. 밤하늘은 우주의 수많은 별들로 빼곡히 메워져 있었다. 거짓말을 조금도 보태지 않고 검은 부분을 찾는 게 어려울 정도였다. 우리가 이렇게 찬란한 별빛 아래 살고 있었다니! 가슴이 두근거려서 터질 지경이었다. 마치 우주를 떠다니며 구경하는 기분이었다.

그때의 감동은 내 마음에 깊숙이 남아 20년이 훌쩍 지난 지금도 타임머신을 타고 언제든 그 생생한 현장으로 날아갈 수 있을 것 같다. 아마도 그날 아버지는 우리에게 전해주고 싶으셨던 것 같다. 인생을 살아가는 데 가장 쓸모 있는 감동의 순간을 말이다.

또 하루는, 청춘의 어느 날 친구가 재즈 페스티벌에 가자기에 흔쾌히 그러자고 했다. 그런데 티켓 값을 알아보니 대학생인 내 주머니에 꽤 큰 출혈이 예상되는 금액이었다. 휴대폰으로 그냥 쉽게 들으며 즐길 수도 있은데, 굳이 이 많은 돈을 들여 페스티벌에 가야 할까 고민되었다. 하지만 친구와의 약속을 어길 수 없어 눈을 질끈 감고 티켓을 예약했다.

뜨거운 여름날이었다. 푸르고 싱싱한 잔디, 나무 사이로 시원하게 불어오는 바람, 작은 새들의 지저귐과 사람들의 웃음소리… 페스티벌을 즐기기에 완벽한 조건이었다. 나와 친구는 한껏 기대에 부푼 얼굴로 무대를 바라보고 있었다. 곧 연주가 시작되려던 참이었다. 그런데 그때 갑자기 하늘에서 '우르르쾅쾅!' 천둥이 치더니 굵은 빗방울이 사정없이 쏟아져 내리기 시작했다. 한 달 동안 아르바이트해서 번 돈을 모두 투자했건만 하늘이 도와주지 않다니!

좌절도 잠시, 비가 점점 더 많이 내려서 얼른 나무 아래로 몸을 피해야 했다. 다행히 연주자들이 있는 무대는 돔 안쪽이라 비를 맞진 않았지만, 이제 잔디밭에 남은 관객은 한 명도 없었다.

그런 와중에도 연주는 꿋꿋이 계속되었다. 그렇게 친구와 나는 나무 아래로 옹기종기 모인 사람들과 함께 소나기 안에서 재즈를 들었다. 그런데 놀랍게도 전에는 느껴보지 못했던 벅찬 감동이 몰려왔다. 고개를 돌려 친구의 얼굴을 보니 친구의 눈동자에도 눈물이 맺혀 있었다. 청명한 자연의 소리와 어우러진 재즈. 초록의 기운이 스민 대지 위에서 음계들이 투명한 빗방울에 튕겨 춤을 추는 듯했다. 웅장하고 우아하고 아름다운 소리의 향연이었다.

그때 들었던 그 선율은 지금껏 휴대폰으로 들어온 수많은 음악들보다 더 강렬하고 아름답게 내 기억 속에 저장되어 있다. 되돌아보면 1년치 아르바이트 월급을 다 낸다고 하더라도 아깝지 않은 감동의 순간이었다.

지치고 힘들 때면 잠시 눈을 감고 그때를 되뇌곤 한다. 그럼 또다시 그날의 소나기가 아름다운 영감으로 쏟아내려 마음 안에 싱그러운 힘을 가득 채워주는 듯하다.

나는 앞으로도 사람들이 쓸모없는 낭비라고 여기는 것들에 더 많은 시간과 비용을 들이며 살고 싶다. 느리고 번거로운 아날로그의 것들이 감동을 일으켜 아름답고 풍요로운 내면을 만들고, 진정한 행복을 가져다주는 귀한 기회라는 걸 알았으니 말이다.

당신도 당신이 감동받을 수 있는 것에 인생의 많은 부분을 과감히 내어줄 수 있기를! 우리의 인생에 감동을 선사하면 분명 그 이상의 아름다운 보답을 받게 될 테니까.

사랑이 없는 섹스, 가능할까?

여자에게 사랑이 없는 섹스가 가능할까? 이십 대 중반에 다다른 여자들이 이 주제를 가지고 열띤 대화를 나누었다. 누군간 몸을 먼저 섞는 것에 익숙해졌다고 말했고, 한편에선 사랑이라는 감정이 우선시되는 것은 절대 포기할 수 없다고 말했다.

내면이 아름다운 여자들의 밤은 어떨까? 그녀들에게 섹스는 어떤 의미일까? 욕망의 수단일까, 아니면 사랑의 매개일까?

남자는 늦은 저녁 여자의 집 앞에 찾아왔다. 영화 속에서만 보던 그런 차종 위에서 남자는 여자를 불렀다. 여자가 어느 축제에선가 만난 사람이었다. 남자는 규모가 있는 패션 기업을 운영하는 젊은

CEO였고 외모도 나쁘지 않았으며 가진 것으로는 모자람이 없어 보였다. 여자는 당황하지 않았다는 표정으로 남자의 차에 올랐다. 차는 밤바람보다 더 빠른 속도로 도로 위를 달렸다. 무섭다고 느꼈다. 차의 속도도, 낯선 남자와 함께하는 것도.

여자는 낯선 남자가 궁금해졌다. '그래, 즐길 때 즐겨야지. 나도 그럴 자격이 있어.' '아니야. 그래도 함부로 몸을 섞어선 안 돼.' 많은 생각들이 그녀의 귓가를 간지럽혔다. 여자는 자신을 바라보는 남자를 보았다. 어색했다. 하지만 그녀가 좋아하는 저녁, 음악, 바람까지 모든 게 무언가 가능하다고 유혹하는 듯했다. 예약한 레스토랑에서 와인 한잔을 마셨다. 대화는 가벼웠다. 남자는 여자에게 매력 있다고 말했지만, 여자의 마음엔 와닿지 않았다. 그의 말이 진심이 아니란 걸 여자는 알고 있었다. 사랑이 아니었다.

돌아오는 길, 차에 탄 그는 여자에게 자신의 집으로 가자고 말했다. 여자는 망설여졌다. '내면이 우아하고 아름다운 여자에게 섹스는 어떤 의미일까, 욕망의 수단일까?'

여자는 다음 날 일찍 출근해야 한다는 핑계로 그의 제안을 거절했다. 여자의 집으로 향하는 길, 차 안의 공기는 처음과 사뭇 달랐다. 여자는 모든 것이 무서웠다. 집 앞에 선 차, 헤어짐의 대화. 남자는 손에 힘을 주고 여자를 꽉 끌어안았다. 그리고 여자는 의미 없는 긴 키스를 해야만 했다. 더듬거리는 감촉을 겨우 떼어내고 차에서 내렸다.

차가 시야에 보이지 않을 정도로 멀리 사라졌지만 여자는 한참 그곳에 서 있었다. 사랑이 없는 키스를 한 것은 처음이었다. 결코 즐겁지도 쾌락적이지도 않았던 키스. 힘이 빠져 주저앉은 여자는 갑자기 사랑이 깃들어 있었던 과거의 모든 순간이 그리워졌다. 농익은 사랑의 결실, 그 몸짓 하나하나가 그리웠다. 그것은 창피한 것도, 음란한 것도 아니었고, 단순한 쾌락도 아니었다. 자연이 만든 예술처럼 경이롭고 아름다운 것이었다.

요즘은 데이트 앱으로 단 몇 분 만에 사람을 만나 자만추(자고 만남 추구)를 하는 일이 개인의 선택으로 존중받는 시대다. 물론 두 사람 모두 사랑하는 데 있어 속궁합을 가장 중요시한다면 그럴 수 있다고 생각한다. 다만 나는 서툴고 느리지만 따뜻한 사랑이 깃든 관계에는 단순한 쾌락을 넘어 내면을 아름답게 성장시키는 선물이 내재되어 있다고 믿는다.

나는 내면이 우아하고 아름다운 여자들의 사생활을 알지 못한다. 그들의 섹스파트너 명단을 가지고 있지도 않아서 연락을 해볼 수도 없다. 하지만 이제는 알 것 같다. 내면이 텅 비어 있는 쾌락은 그녀들이 열망하는 관심사가 아닐 것이란 것을.

아름다운 사람은
완벽하지 않아요

　내면이 아름다운 사람은 과연 완벽한 사람일까? 윤기 나는 머릿결, 구김 없는 셔츠, 친절한 웃음을 장착하고 프로페셔널하게 살아가는 사람. 어떠한 위기에도 흔들리지 않고 결국엔 이겨내는 사람. 언제나 자신과 타인을 존중하면서 스스로 당당한 사람. 늘 사랑이 넘치고 여유를 잃지 않는 사람. 우리는 이런 사람들을 내면이 우아하고 아름다운 사람이라 여기며, 얼굴이나 몸매가 조각 같은 SNS 미녀들보다 더 동경하고 있을지도 모른다.

　내면이 아름다운 사람들이 이러한 특징을 갖고 있는 건 사실이다. 그러나 나는 다른 모든 게 부족하더라도 이것 하나만 있다면 이미 내면이 아름다운 사람이라고 생각한다. 그건 바로, '서툴지만 나아가는 모습'이다.

내면이 아름다운 사람들은 세상에는 완벽한 사람이 존재하지 않는다는 사실을 잘 안다. 그래서 살면서 자신이 종종 우아함에 반하는 실수를 하게 되더라도 스스로를 크게 탓하지 않는다. 이를테면 그들 또한 때론 자기 자신을 누군가와 비교하거나, 무례한 사람에게 따끔하게 충고하지 못한다거나, 종종 권태기가 와서 일도 사랑도 다 미뤄둘 수도 있다. 그렇지만 그들은 자신을 결코 내면이 아름답지 않은 사람, 행복해지지 못할 사람이라고 여기지 않는다. 왜냐하면 그들은 느리고 서툰 스스로를 인정하고 자신의 손을 잡고 함께 걷는 과정을 사랑스럽게 바라볼 수 있는 사람인 까닭이다. 그 안엔 깊은 사랑이 기반이 된 믿음이 존재한다. 그렇기에 그들은 이미 내면이 아름다운 사람, 앞으로 더욱 아름다워질 사람이다.

> 진정한 사랑은 영원히 자신을 성장시키는 경험이다.
> – M. 스캇 펙

어릴 적 나의 부모님은 내가 종종 실수를 하면 혼을 내는 대신 호탕하게 웃곤 하셨다. 한번은 쌀 항아리에서 쌀을 퍼내다가 실수로 바닥에 다 쏟은 적이 있었다. 순간 가족 모두 당황해서 일시 정지된 영상처럼 멈추긴 했지만, 이내 부모님은 붉어진 내 얼굴을 보시곤 "아이고, 하하하하" 하고 웃어버리셨다. 분명 크게 혼날 줄 알았는데 웃음을 터트리시니 어리둥절했다. 이후 모두가 합세하여 쪼그리고 앉아 쌀알 줍기를 도와주었고 생각보다 빨리 정리할 수 있었다.

부모님이 내 실수에 관용을 베푸셨을 때마다 내가 느꼈던 감정은 '이렇게 실수를 해도 상관없구나'라는 게 아니라, '참 감사하다. 나도 누군가의 실수를 너그러이 품을 수 있는 사람이 되어야지'라는 마음이었다. 부모님은 알고 계셨던 것 같다. 내가 서툰 어린아이이긴 했지만, 마음 깊은 곳엔 스스로 좋은 사람이 되길 진심으로 원하고 있다는 걸. 두 분은 내게 깊은 사랑이 기반이 된 믿음을 갖고 계셨다.

그 후 나는 성장을 하면서 자질구레한 일 외에도 이런저런 크고 작은 실수를 저질렀고 유감스럽게도 지금도 저지르고 있다. 그럴 때마다 나름 자책하기도 하지만 결국 서툰 나를 인정하고 다시 중심을 찾는다. 부모님의 가르침 덕분이다.

글을 쓸 때도 마찬가지다. 완성도 높은 글을 쓰지 못하는 나 자신이 한심해서 마음이 무거운 날이 많다. 몇 만 자를 써놓고 한꺼번에 다 지워야 할 때는 정말 울고 싶은 심정이었다. 그럴 때면 잠시 눈을 감고 나 스스로에게 이야기한다. '아직 부족한 나 자신. 그럼에도 노력하는 나 자신. 멋지다! 이 과정은 모두 내 인생이란 책의 스토리야. 즐겁게 진행시켜!"그러면 우습고 신기하게도 마음 안에 다시 쓸 힘이 차오른다.

가장 위대한 영광은

한 번도 실패하지 않음이 아니라

실패할 때마다 다시 일어서는 데에 있다.

– 공자

크고 작은 실수든, 여러 차례의 실패든, 누가 어떤 평가를 내리든, 예상치 못한 불행이 찾아오든, 스스로를 사랑하는 내면을 갖추고 서툰 삶의 길에 동력을 불어넣을 수 있다면, 이미 그들은 내면이 아름다운 사람들일 것이다. 그리고 그런 이들이야말로 완벽해짐이 아닌 오직 즐겁게 살아가기를 바라는 삶의 메시지를 제대로 이해한 가장 행복한 사람들이지 않을까 싶다.

그럼에도 불구하고
낭만 있게

'당신의 식탁에 묵은 김치와 땅콩조림밖에 없다고 해도
한쪽엔 장미 한 송이가 있었으면 좋겠다.
당신의 일상에 큰 변화가 없더라도
그 잔잔함 속에 작은 변화를 만들어 아이처럼 웃었으면 좋겠다.
당신의 몸이 지쳤다고 말하면
모아둔 저금통을 깨서 좋은 오일로 마사지하며
휴식을 취했으면 좋겠다.
당신의 일이 사회에서 아직 미약하다 여겨질지라도
당신의 인생에서는 위대한 것이었으면 좋겠다.
당신의 사랑이 단순한 욕망의 해결이 아니라

예술처럼 고급스러운 것이었으면 좋겠다.

당신만이 느끼는 행복이

이 짧은 생을 사는 전부라는 것을 알았으면 좋겠다.'

인생의 모든 일이 컴퓨터처럼 빠르고 정확하게 해결되면 좋으련만, 인생은 우리가 직접 경험하고 느끼고 깨닫는 노력을 해야만 겨우 답을 건넨다. 그리고 우리는 그렇게 인생의 답을 얻는 과정에서 찬란하게 행복하기도 하고 뜨겁게 슬프기도 하다.

나는 살다가 뜨거운 슬픔을 만나면 낭만적으로 풀어가는 사람들이 좋다. 갑자기 비가 내리면 이런저런 걱정에 휩싸여 반드시 우산을 사야 하는 사람이 아니라, 가끔은 비를 맞으며 느껴지는 기분을 아름답게 여길 수 있는 사람. 여행을 하다가 길을 잃으면 동료에게 화를 내며 걱정을 푸는 게 아니라, 이왕 이렇게 된 거 낯선 곳도 구경하자는 마음으로 걸음을 늦출 수 있는 사람. 돈이 부족해 멋진 레스토랑에서 외식은 못 하지만 가진 재료로 정성껏 요리를 해서 분위기를 낼 수 있는 사람….

낭만으로 아픔을 미화하는 거라며 나를 철없는 감성주의자라고 여길지라도, 나는 인생이 이토록 힘든 것이라면 차라리 그럼에도 불구하고 삶이란 아름다운 것이라 믿으며 한껏 낭만적으로 살아가고 싶다.

쉽고 편리한 것만 좇는 나약한 마음을 뒤로하고 수많은 아픔을 정면으로 응시하며, 느리고 서툴고 번거롭더라도 아날로그적 걸음으로 저벅저벅 세상 속으로 걸어 들어가고 싶다. 그 안에서 디지털 기기로 뚝딱 만들어낼 수 없는 진실한 아름다움과 마주하고 따듯한 인간의 생, 찬란한 사랑과 낭만을 온몸으로 누리며 살아가고 싶다.

당신과 나. 사회가 우리에게 어떤 평가를 내리든, 인생이 우리에게 어떤 겁을 주든, 우리 그럼에도 불구하고 꿋꿋이 낭만 있게 걸어가자.

진정으로 아름다운 생을, 살아내자.

05

—

나로부터 시작되는
Analog Dream

주체적인 삶을 살게 하는 아날로그

디지털 세상 안에는 수많은 정보들과
훌륭해서 부러운 사람들이 넘쳐납니다.
그것들을 답으로 여기며 그대로 따르다 보면
저절로 성공의 기로가 펼쳐질 것 같습니다.
하지만 이를 맹목적으로 좇다 보면
삶의 길 위에서 흔들리는 순간을 마주할 수 있습니다.

인생의 진정한 꿈과 성공에 닿기 위해서는
느리지만 공들여 한 장 한 장 읽는 책 안에서
서툴지만 한 발 한 발 내딛는 경험 속에서
어렵지만 나 자신을 알아가려는 아날로그적 노력을 통해서
자기 자신을 먼저 세워야 합니다.

우리의 꿈이 모래성이 아닌 견고한 성이 되기 위해서는
우리가 우리 생의 주인이 되어야 합니다.

부럽지가 않어

장기하의 노래 '부럽지가 않어'를 듣고 있으면 그는 정말 뭐든 부럽지가 않은 사람인 것 같아서 괜스레 부러워지곤 했다. 확실히 나는 부러움을 느끼는 사람이었다. 특히 나는 아름다운 정원을 가진 사람들을 무척 부러워했다. 큰 나무들 사이에 알록달록한 꽃들이 만발해 있고, 물고기가 노니는 연못과 새를 위한 옹달샘을 갖춘 정원에서 사계절을 보내는 그들의 모습은 내가 오래도록 꿈꾸는 안락한 이상향이었다.

정원을 잘 가꾸는 SNS 속 사람들을 보고 있노라면 질투심이 증폭됐고, 심지어는 그렇게 살지 못하는 나에게 자괴감까지 느꼈다. 하지만 현실적으로 아직 나는 그들처럼 시골에 땅과 집을 마련할 여유가 없으니 당장 이상향을 이루는 건 불가능한 일이었다.

그러다 어느 날 인터넷에서 우연히 아파트 베란다에 정원을 예쁘게 꾸며놓은 사진 한 장을 발견했다. 화분을 사용하곤 있었지만 일반 정원 못지않게 많은 종류의 꽃이 심겨져 있었고, 나무도 있고, 심지어 수조에 물고기까지 있었다. 정말 야외 정원 같았다! 그 순간 번뜩 우리 집의 텅 빈 베란다가 떠올랐다.

그 후 나는 월급을 타면 일정 금액을 들여 조금씩 베란다에 나만의 정원을 만들기 시작했다. 흙과 자갈을 사고 실내에서 키우기 좋은 작은 꽃화분과 무화과, 블루베리, 올리브 나무 같은 큰 식물까지 차례대로 사들였다. 그리고 베란다 한쪽에는 방울토마토, 상추, 시금치, 얼갈이배추, 바질, 루콜라 등을 키우는 미니 텃밭까지 만들었다. 점점 정원다워지는 내 베란다를 보니 꿈이 이뤄진 것같이 뿌듯했다.

요즘은 아침에 일어나자마자 곧장 베란다 정원으로 가 밤새 피어난 새로운 꽃과 인사를 나눈다. 그 후 마른 잎은 떼어주고 물을 준 뒤 베란다에 놓아둔 작은 의자에 앉아 식물들과 함께 광합성을 하며 차를 마신다. 정원의 규모는 작지만, 크고 멋진 정원을 가진 그들과 다를 바 없는 루틴이다.

베란다 정원을 가꾼 후 내겐 놀라운 변화가 생겼다. 이제는 크고 잘 조성된 정원을 가진 사람들을 보아도 엄청나게 부럽다거나 시기심이 생기지 않는다. 물론 여전히 그들의 멋진 정원이 멋있게 보이긴 하지만 딱히 그들처럼 되지 않아도 된다는 마음이다. 내가 이 작은 베란다 정원으로도 충분히 행복감을 느낄 수 있다는 걸 알게 되었으니 말이다. 또 큰 정원(이를 테면 많은 돈, 많은 인기 같은 것들)을 가지면 가질수록 관리에 대한 부담과 피로감이 늘어나기 마련이다(아무리 다른 사람을 시킨다고 하더라도). 이런 맥락에서 볼 때 나는 뭐든 과한 것보다는 내가 즐겁게 감당할 수 있는 만큼만 지니는 것을 선호하는 편이다.

어릴 때 읽었던 생텍쥐페리의 소설 〈어린 왕자〉에는 어린 왕자가 다른 행성에서 피어난 수많은 장미꽃을 발견한 뒤, 자신의 행성에 있는 오직 하나뿐인 장미꽃이 세상에서 유일한 존재가 아니었다며 서럽게 우는 장면이 나온다. 그 후 여우와 어린 왕자가 나누는 대화를 나는 베란다 정원에 앉아 다시 읽어보았다.

여우가 말했다.
"장미꽃들을 다시 보러 가봐. 너는 네 장미꽃이 세상에 단 하나뿐인 꽃이라는 걸 알게 될 거야."
어린 왕자는 다시 장미꽃들을 보러 갔다.
"너희는 내 꽃과 하나도 닮지 않았어. 너희는 아무것도 아니야. 너희를 길들인 사람은 아무도 없고, 너희가 길들인 사람도 아무도 없어. 너흰 예전의 내 여우 같아. 처음엔 그는 수많은 다른 여우와 다를 게 없었어. 하지만 난 여우와 친구가 되었고, 그 여우는 세상에

단 하나뿐인 여우가 되었지." 어린 왕자는 꽃들에게 말했다.

그러자 장미꽃들은 아주 난처해했다.

"너희는 아름다워. 하지만 의미가 없어. 너희를 위해 죽을 수 있는 사람은 없을 거야. 물론 지나가던 어떤 사람이 내 꽃을 보고 너희와 비슷하다고 생각할 수도 있어. 하지만 나에게 그 꽃은 너희를 모두 합친 것보다 더 소중해. 내가 물을 주고, 유리 덮개를 씌워주고, 바람을 막아주고, 벌레를 잡아주었기 때문이야. 난 그 꽃이 불평하는 소리, 자기 자랑하는 소리, 이따금은 침묵하는 소리까지 들어주었어. 내 장미꽃이니까."

– 생텍쥐페리, 〈어린 왕자(The Little Prince)〉(1943) 중에서

내 베란다 정원에는 수선화가 두 개뿐이고 심지어 하나는 잎이 축 늘어졌지만 나에게 큰 화원에 가득한 수선화들을 모두 준다고 해도, 나는 나의 두 수선화와 바꾸지 않을 것이다. 그들과 나는 서로에게 소중한 존재이고, 그들만 있어도 내 인생은 이미 충분히 행복하니까.

나는 그동안 가진 것의 차이로 누군가를 부러워하며 나 자신을 깎아내리고 그들처럼 되려고 애써왔던 것이 불필요한 행동이었다는 걸 깨닫게 되었다. 행복의 기준은 타인이 정해주는 게 아니라 나 스스로 정하는 것이고, 알고 보니 나는 생각보다 작고 소소한 것들로도 충분히 특별한 행복을 맞이할 수 있는 사람이었으니 말이다. 여러

분도 한번 생각해보았으면 한다. 우린 화려한 호텔에서 매일 풀코스로 식사하는 부자들을 부러워하곤 하지만, 작은 부엌에서 사랑하는 이들과 떡볶이를 만들어 먹는 것에도 행복해하는 사람들이지 않은가. 미치도록 부자들을 부러워하고 자신의 삶을 비관하지 않더라도, 이미 너무나 특별한 행복들을 지니고 있는 사람들이지 않은가.

내겐 여전히 부러운 사람들이 있지만, 이젠 그들을 시기하는 게 아니라 좀 더 평온한 마음으로 바라볼 수 있게 됐다. 이미 행복이 마음 안에 자리하고 있기에 그저 나의 세상을 아름답게 가꾸며 살아가면 된다고 생각한다.

수많은 데이터로 줄세워놓은 사회적 기준에 맞춰 앞줄에 선 사람들을 마냥 부러워하며 헐떡이기 전에, 자신의 마음 안에 이렇게 물음을 던져보면 어떨까? 수와 양으로 측정할 수 있는 모든 것들, 이를테면 끝없이 많아지길 바라는 '돈과 명성, 인기'에 따른 그만큼의 부담과 피로를 감당하며 살길 원하는지, 진실로 인생에 있어 그런 것들보다 중요한 것은 무엇이라고 생각하는지, 그리고 그로부터 찾은 보물들이 내 일상에 이미 얼마나 많이 들어 있는지를….

답을 해보면 우리는 억지로 다리를 찢으며 힘겹게 달리지 않아도, 이미 편안하고 즐거운 보폭으로 잘 가고 있고 그토록 부러워했던 이상향이 가져다주는 가치들을 현재도 많이 이루며 살고 있을 수 있다.

장기하의 노래를 다시 들어보니 노랫말이 착착 마음에 와닿았다.

'근데 세상에는 말이야. 부러움이란 거를 모르는 놈도 있거든
그게 누구냐면, 바로 나야!'

나는 세상을 다 가진 것처럼 웃으며 신나게 따라 불렀다.

인생에서 너무 늦은 때란 없습니다

꿈은 언제 이뤄내야 늦지 않은 걸까? 서른? 마흔? 그녀에 대해 알게 된 후 나는 이 물음에 답이 없다는 것을 깨닫게 되었다.

애나 메리 로버트슨 모지스(Anna Mary Robertson Moses). 그녀는 주로 목가적인 마을에서 사람들이 농장 일을 하고 축제를 즐기는 등 자연과 어우러져 사는 모습들을 캔버스에 담아낸 그림 작가다. 그림 자체도 훌륭하지만 내가 그녀를 좋아하는 특별한 이유가 있다. 그녀가 무려 76세에 그림을 시작해서 80대에 꿈을 이룬 인물인 까닭이다.

1860년, 뉴욕에서 태어난 그녀는 12세부터 15년 정도 가정부로 일하다 남편을 만난 후 버지니아에서 농장 생활을 시작했다. 이후

뉴욕의 이글 브리즈에 정착해 열 명의 자녀를 출산했지만 그중 다섯을 잃는 아픔을 겪는다. 62세에 남편마저 세상을 떠나자 뜨개질과 소일거리로 외로움을 달래며 노년을 보내고 있었는데, 관절염으로 자수 놓기가 어려워지자 바늘 대신 붓을 들게 된다.

당시 그녀의 나이는 76세. 한 번도 정식으로 그림을 배운 적은 없었지만 그리운 농장 생활을 그녀만의 따뜻한 화풍으로 담아내던 어느 날, 우연히 한 수집가의 눈에 띄어 그녀의 작품이 세상에 공개된다. 이후 놀랍게도 그녀는 대중들의 뜨거운 관심을 받게 되고 88세에 '올해의 젊은 여성'으로까지 선정된다. 93세에는 주간지 〈타임(Time)〉의 표지를 장식했으며, 그녀의 100번째 생일날은 뉴욕시의 '모지스 할머니의 날'로 지정되기도 했다.

101세의 나이로 세상을 떠나기 직전까지 왕성하게 활동하며 약 1,600여 점의 작품을 남긴 모지스 할머니. 나는 그녀의 섬세하고 아름다운 작품을 보며 사회에서 나이로 한계를 짓는 모든 것들이 정답이 아닐 수 있겠단 생각을 했다.

20대 중반쯤, 간호사였던 친구가 밤샘 일에 지쳐 결국 퇴사를 결심하고 공무원 시험을 준비하겠다고 친구들에게 선포하고는 3년이란 시간을 잠적했다. 다시 그녀로부터 온 전화를 받았을 때 우리의 나이는 서른이었다. 너무나 오랜만이라 나는 무척 반가워하며 전화를 받았다. 그런데 전화 너머로 울먹이는 목소리가 들려왔다. 놀라서 왜 그러냐고, 무슨 일이냐고 물었지만 계속 흐느끼는 소리만

들리다 전화가 뚝 끊겼다. 다시 여러 번 전화를 걸어보았지만 받지 않았다. 덜컥 겁이 나던 그때 그녀로부터 장문의 문자 메시지를 받았다.

'부끄러워서 아무에게도 말하지 못했는데…. 지혜야, 나 실은 공무원 시험 포기했어. 그래서 지금 많이 힘들어. 의사가 나보고 공황장애라고 하더라. 두렵고 초조해서 가만히 있지 못하겠어. 이제 어쩌면 좋을까? 너희는 회사에 다니며 경력도 쌓고, 결혼할 남자도 만나고, 돈도 많이 모아두었겠지. 나는 아무것도 준비된 게 없어. 어쩌면 좋을까? 죽고만 싶어….'

당시 나는 어떻게 위로를 해줘야 할지 몰라 무조건 만나자고 했다.

며칠 뒤 사람들로 북적이는 명동역에서 그녀를 만났다. 혼잡한 출구 앞에 우두커니 서 있는 그녀에게 나는 반갑게 손을 흔들었다. 그녀는 나를 발견하자 옅은 미소를 지었다.

우린 간단히 식사를 마치고 남산에 가기로 했다. 뜨거운 여름날, 케이블카도 타지 않고 높은 언덕을 두 발로 땀나게 올랐다. 마침내 정상에 도착하니 해가 뉘엿뉘엿 지고 있었다.

카페에 들어가 구석에 자리를 잡았다. 평일 저녁이라 카페는 한적했다. 시원한 곳에 앉아 있으니 맺혔던 땀이 식으며 기분이 상쾌해졌다. 달달한 초코 프라푸치노까지 먹으니 천국에 온 것 같았다. 마치 어릴 적 운동장에서 땀나게 뛰어 놀다 나무 그늘 아래 누워 함께 여름 바람을 느꼈던 그때처럼, 우린 서로를 바라보며 기분 좋게 웃었다.

별 대화는 하지 않았다. 그냥 '그동안 정말 힘들었다, 나도 회사에서 뛰쳐나올까 고민 중이다, 점수가 정말 안 오르더라, 어쩜 그건 내가 글을 쓸 때 느끼는 한계와 똑같다, 우리 정말 고생했다, 고생 많았다⋯' 하고 함께 웃었다. 카페를 나오니 캄캄했다. 잠깐 야경을 보고 다시 걸어서 남산을 내려왔다. 다리가 후들거렸지만 마음만큼은 홀가분했다.

그 후 친구는 간호사도 아니고 공무원도 아니고 자신의 적성에 맞는 자격증을 취득해서 새로운 일을 시작했고 삶의 활기를 되찾았다.

"사람들은 내게 이미 늦었다고 말하곤 했어요.
하지만 지금이 가장 고마워해야 할 시간이라고 생각합니다.
무엇인가를 진정으로 꿈꾸는 사람에겐 바로 지금 이 순간이
가장 젊을 때거든요. 시작하기에 딱 좋을 때 말이에요."
– 애나 메리 로버트슨 모지스, 〈인생에서 너무 늦은 때란 없습니다〉 중에서

사람들은 나이로 인생의 할 일을 구분 지어놓고 한계를 느끼며 쉽게 포기한다. 하지만 인생의 시간은 사회적 스톱워치가 아닌 마음의 아날로그 시계로 돌아간다. 그것은 시침, 분침, 초침을 연속적으로 돌리며 우리에게 계속해서 꿈을 이룰 기회를 제공한다.

20대 때 안 되면 30대에 하면 되고, 30대 때 안 되면 40대에 하면 된다. 40대 때 안 되면 50대에 하면 되고, 50대 때 안 되면 60대에 하면 된다. 그러니 겨우 1년, 겨우 10년 내딛다 넘어졌다고 쉽게 꿈을 포기하지 말기를. 편안하고 즐거운 마음으로 계속해나가기를. 아무리 실패를 거듭한다 할지라도 우리 안의 아날로그 시계는 인생이 끝나지 않는 한, 결코 멈추지 않을 테니까.

행복을 넘어 위대함으로

어릴 적에 한반도 끝에서 별빛으로 가득한 밤하늘을 본 적이 있다. 나는 그것이 내가 살아갈 꿈의 조각들이라고 생각했다. 찬란하고, 눈부신.

들으면 알 만한 출판사에서 인턴을 하던 시절, 계약 기간이 끝난 우리는 오직 한 명만을 제외하고 다음 날 출근하지 못했다. 선배들은 채용에 제외된 내가 안타까워 여러 번 다시 회사로 불렀지만 이미 경영진 마음 밖에 놓였던 나로서는 결과가 마찬가지였다.

얼마 전 일을 하면서 우연히 외장 하드에 들어 있는 그 시절의 인턴 평가 자료 하나를 열어보게 되었다. 100장 넘게 빼곡히 적힌 리포트 안에는 다음 분기 홈쇼핑에서 유아 도서 판매율을 올리기 위한 전략 뿐만 아니라, 앞으로 이루고 싶은 나의 꿈에 대한 것들도 상세히 적혀 있었다. 25세의 나는 열정으로 반짝반짝 빛나는 꿈결 안에 있었다.

경영진은 그런 나의 리포트를 보고 무슨 생각을 했을까? '열정 같은 소리 하고 있네'라고 했을까? 철없는 어린아이라고 했을까?

내가 사람들에게 작가가 되고 싶다고 말하면, 그들은 나를 전과는 다른 눈빛으로 바라보곤 했다. 그건 한 꺼풀의 놀라움과 한 꺼풀의 동정이 씌워진 눈빛이었다. 소개팅 중 어떤 남자 한 명은 내가 에디터 일을 그만두고 전업 작가가 될까 봐 얼굴색까지 변해 '작가는 단칸방에서 굶어죽을 수도 있다'라며 몇 시간 동안 나를 설득(?)하려고도 했다. 나를 아낀다는 가까운 어른들도 다르지 않았다. 대부분 고개를 절레절레 흔들며 힘들기만 하고 돈도 안 되는 작가 일 말고 평범한 일을 하는 게 어떠냐고 제안했다.

심지어는 한 작가의 강연에서도 비슷한 이야기를 들었다. 베스트셀러 작가인 그녀는 강연장을 꽉 채운 작가 지망생들에게 이렇게 물었다. "여러분, 우리나라에서 소설이나 에세이만 써서 밥 벌어먹고 사는 사람이 얼마나 될 것 같아요?" 그러고는 자신의 한 손을 쫙 펼쳐 보였다. "다섯 손가락. 그 안에도 들지 못합니다. 작가로 살아가는 현실은 녹록하지 않아요. 고단하죠. 책만 써서는 생계 유지가 힘들어서 원치 않아도 강연같이 여러 다른 방법으로 수익을 창출해야 합니다." 강연장 안은 일순간 조용해졌다. 집으로 돌아오는 내내 나는 스스로에게 물었다. '이렇게 힘들다고 해도 작가가 되고 싶은가?' 그러자 마음속 나의 야망과 꿈의 소리가 점점 작아지는 듯했다.

어느 늦은 밤, 나는 한 작은 마을 책방에서 진행하는 독서 모임에 참여하려고 집을 나섰다. 지하철을 타고 한참을 가야 하는 거리였지만 그때는 모임에 꼭 가고 싶어서 시간도 거리도 상관치 않았다. 역에서 내려 안내해준 대로 골목으로 들어갔다. 가로등 하나 없는 어두운 길인데다 책방이 어스름한 건물 2층 구석에 있어서 꼭 호러 영화에 나올 것만 같았다. 2층으로 올라가니 상점들이 모두 닫혀 있었다. 점점 더 긴장이 됐지만 나는 '정말 이런 곳에 책방이 있을까?' 하는 탐구 정신이 들어 복도를 뚜벅뚜벅 걸어갔다. 그런데 복도 끝 마지막 방에서 옅은 노란 불빛이 새어 나오고 있는 것이다. 마치 동굴에서 빛을 찾은 느낌이었다. 나는 그 신비로운 기운에 이끌려 삐그덕거리는 문을 열었다. 그러자 상상도 못한 풍경이 눈앞에 펼쳐졌다.

노란 불빛 아래로 층층이 쌓여 있는 책들, 귀여운 문구들, 각양각색의 그림들이 작은 공간을 꽉 메우고 있었고 중앙에는 나이도 성별도 제각각인 어른 다섯 명이 둥그렇게 앉아 나를 보고 인사를 건넸다. 어색함 반, 기대 반의 표정을 한 그들을 보자 두려움이 사르르 녹았다. 좁은 공간에 나까지 끼어 앉으니 서로의 무릎이 조금씩 닿을 정도로 가까워졌다. 곧 그들은 내게 자기소개를 해달라고 부탁했고 나는 기어들어가는 목소리로 말했다.

"음…, 저는 백수이고요. 언젠가 작가가 되고 싶어요….'

그런데 이상한 일이 일어났다. 내 소개 후 나는 그동안 받아왔던 시선들과는 사뭇 다른 시선을 받고 있다는 것을 느꼈다. 그건 한 꺼풀의 놀라움과 한 꺼풀의 호기심이 담긴 시선이었다. 그들은 마치 신예 작가라도 발견한 것처럼 반짝이는 눈빛으로 나를 보고 있었다. 그곳에서 나는 동정을 받아야 하는 한심한 꿈을 가진 사람이 아니었다.

잠시 뒤 그들도 한 사람씩 돌아가며 자신을 짤막하게 소개해주었다. "저는 주부예요. 도서관을 사랑하는 주부죠. 마을 도서관에서 여러 활동을 해요." "저는 그림을 그려요. 아이들에게 미술 수업도 하고 가끔 여러 아르바이트도 해요." "저는 시인이에요. 고깃집에서 일한 지 5년이 다 되어가고, 그래서 아마도 우리나라에서 고기를 가장 잘 굽는 시인일걸요? 이건 제 시집이고요."

그들의 소개를 듣고 있으니 책 〈어린 왕자〉 안에 나오는 소행성에 온 것만 같았다. 그들은 내가 지구에서 살아오며 보아온 사람들과는 달랐다. 돈이 되지 않는 꿈은 외면해버리는 사회의 시선에 개의치 않고 자신의 꿈을 고귀하게 여기며 실행해나가는 사람들이었다.

그들의 응원을 받아서였을까? 나는 그간 준비해왔던 글 공모전에서 드디어 수상을 하게 됐다. 해냈다는 것이 뿌듯해서 가장 먼저 부모님께 소식을 알렸다. 그러자 부모님은 내게 "그래서? 상금은 얼마나 주는데? 그게 다야?" 하고 물으셨다(물론 지금은 작가인 나를 진심으로 응원하신다).

다음 날 다시 책방에 갔다. 그날따라 책방 사람들이 부산했다. 왜 그런가 하니 내가 수상한 것을 축하하는 작은 파티를 준비하고 있었다.

달콤한 초코케이크 위에 빨간 딸기들이 촛불에 반짝였다. 그렁그렁한 내 눈물 안에서 촛불들이 점점 더 환하게 번졌다. 그날 나는 사람들에게 처음으로 "작가님"이라는 소리를 들었다. 수상금도 별로 크지 않은 작은 공모전에서 겨우 하나의 상을 탄 것뿐인데 무슨 작가님인지 쑥스럽다는 생각도 들었지만 나는 아이처럼 기분이 좋아 눈물을 쓰윽 닦고 초를 후 불었던 것 같다.

30여 년을 살아오며 내가 나 자신에게 스스럼없이 자랑할 수 있는 건 여전히 내가 꿈을 꾸고 있다는 것, 꿈을 향해 조금씩 나아가고 있는 사람이란 사실이다. 누군가는 이렇게 말할 수도 있을 것이다. '꿈이 밥 먹여줘요? 요즘 실업률이 얼마나 심각한데 꿈 타령을 하고 있어요?' 반박하지 않으련다. 맞다. 우선 살고 봐야 하니 꿈은 저편에 밀어둘 수도 있다. 그렇지만 내게는 밥심만큼 삶에 큰 에너지를 주는 것이 꿈심인 걸 어쩌겠는가.

"꿈과 야망이 있다는 것은 참 멋진 일이야.
그것을 향하는 것은 삶의 큰 원동력이 되잖아?"
– 루시 모드 몽고메리, 〈빨간 머리 앤(Anne of Green Gables)〉 중에서

작가가 아무리 돈벌이가 힘든 직업이라고 하더라도 나는 영원히 작가라는 꿈을 지켜낼 것이다. 내가 원하는 삶은 남들이 부러워할 직장, 높은 연봉, 으리으리한 집을 갖는 것이라기보다, 꿈을 추구해나가 그것이 인도하는 깊은 행복을 느끼며 사는 것이기 때문이다.

"어떤 천성들은 억누르기엔 너무 고결하고
굽히기엔 너무 드높다."
– 〈작은 아씨들(Little Women)〉(2020) 중에서

꿈 없이 평범하게 살아가는 것은 행복할 수 있지만, 꿈을 추구하며 살아가는 것은 위대할 수 있다. 가장 먼저 자기 자신에게, 다음은 타인에게, 그다음은 세상에 말이다.

이제는 미세먼지 때문에 밤하늘을 올려다봐도 별이 잘 보이지 않지만, 살며시 눈을 감으면 여전히 어릴 적 보았던 그 찬란한 별들의 향연이 생생하게 펼쳐진다. 그리고 그 별들이 언제나 내게 이렇게 이야기해주는 듯하다.

'잘 오고 있다고. 천천히 한 걸음씩 즐거이 내딛다 보면, 언젠가 또다시 믿어지지 않을 아름다운 장면을 마주하게 될 거라고….'

서른이 꿈을 대하는 자세

서른이라는 나이는 참 신기하다. 누군가 분명 세상의 모든 서른들을 모아두고 동으로 만든 거대한 삶의 문을 열어준 것 같다. 요즘은 기적(?) 같게도 삶에 대한 시각이 조금씩 열리는 게 느껴질 때가 있다.

먼저 죽음에 관한 것이 그렇다. 20대에는 죽음에 대해 별달리 신경 쓰지 않았다. 평생 살 것 같았고 그것보다 지금 앞에 걸어오는 멋진 남자에게 내 앞머리가 이상하게 보이지는 않을까가 더 중요했다. 하지만 서른이 넘으니 내가 30년이나 넘게 살았다는 것에 대한 기특함과 동시에 '운이 좋으면 나에게 남은 삶이 2/3 정도가 되겠구나'라는 생각이 자연히 들게 됐고, 죽음의 순간에 대해서도 진지한 태도를 갖게 되어서 기도 목록에 '나이 들면 평온한 죽음을 주소서' 가 추가됐다.

서른이라는 나이는 무엇보다 꿈에 대해 다른 시각을 갖게 했다. 나는 3040이야말로 꿈이라는 슈트가 멋지게 맞기 시작하는 나이라 고 생각한다. 20대는 학업을 마치고 사회에 뛰어들어 미친 듯이 발 차기를 할 때다. 온몸에 힘을 주고 있어서 아무리 발차기를 해도 앞 으로 잘 나가지 않고 엉뚱한 곳으로 가 머리를 쿵 박기도 한다. 그 렇게 물을 옴팍 먹는 시간이 5~6년쯤 지나고 나면 '아, 몸에 힘을 좀 빼면 되겠구나? 아, 빨리 간다고 좋은 것만은 아니구나?'라는 생각 을 할 수 있게 된다. 그때 수영 선생님은 말한다.

"내일은 오리발 가져와."

학생일 때 나는 청춘, 열정, 꿈이라는 단어만 들어도 가슴이 벌렁 벌렁거렸다. 당장 머리에 흰띠라도 감고 세상을 구하는 히어로가 되어야겠다고 생각했고, '야망은 가슴속에만 담아두어라!'라는 교 수님의 말에 물개 박수를 쳐댔다. 하지만 이제 광화문 한복판에서 높은 빌딩을 올려보며 '반드시 내 꿈을 이루겠어!'라고 외쳤던 20대 는 사라졌다. 덜 익은 풋사과는 그간 햇빛을 받아 붉어졌고 좀 단단 해졌다.

이젠 화려하고 높은 빌딩이 내 꿈을 반드시 이뤄주는 게 아님을,

자기계발서에 나오는 꽤 훌륭한 멘토들이 내 꿈 자체가 아니라는 것을 아는 나이가 됐다. 예를 들어 책에서 이런 글을 읽었다고 치자. '세모 세모 기업에 다니는 38세의 대표는 이것에 꽂혀 유학을 갔고, 글로벌 기업에서 경력을 쌓아 우리나라에 세모 세모 기업을 차렸다.' 어렸을 때 나는 이런 글을 읽으면 '지금 나는 뭐 하고 있는 거지? 나도 당장 유학을 가고 글로벌 기업에서 경력을 쌓고 기업을 차려야 하는 것 아닌가?'라고 생각했다. 그렇게 사는 삶이 훌륭하고 옳은 것 같았다.

하지만 30대가 되기까지 많은 사람들을 만나고 여러 삶의 모습을 관찰하며 나는 세상엔 다양한 종류의 훌륭한 인생들이 존재한다는 것을 알게 되었다. 굳이 유학을 가지 않아도, 굳이 잘 나가는 매체에 소개되지 않아도 인생을 자기 나름대로 즐기고 있는 훌륭한 사람들 말이다. 또 '내 인생이 겨우 2/3밖에 남지 않은 상황에서 내가 원하지도 않는데 다른 사람의 꿈을 좇을 필요가 있나?'라는 생각도 하게 됐다.

꿈이라는 것은 고개를 올려 바라봐야 하는 먼 우주의 별이 아니라, 내 두 손을 펼쳤을 때 나를 웃게 하는 빛나는 별이어야 한다. 그러니 책을 25쪽에서 50쪽까지 훅 넘겨버려도 괜찮다. 그것이 당신이 원하는 것이라면. 꼭 다 읽어야만 훌륭한 인생이 되는 것이 아니다. 더 웃고 더 즐길 수 있는 삶이라면 환영하기로! 그것이 진정한 꿈의 성취라는 것을, 이젠 알고 있다.

금수저가 아니라 오히려 좋아

같은 높이에 쇠구슬 두 개가 매달려 있다. 하나의 쇠구슬은 내려가는 길이 직선이고, 다른 하나의 길은 곡선이다. 두 개의 쇠구슬을 함께 떨어트리면 어떤 쇠구슬이 더 빠르게 결승선에 도달할까? 직선 길을 내려오는 쇠구슬? 답은 그 반대다.

고속도로처럼 반듯한 길을 내려오는 쇠구슬이 아니라, 곡선 길을 내려오는 쇠구슬이 먼저 결승선을 통과한다. 수학에서는 이러한 곡선을 사이클로이드 곡선, 다른 말로는 최단강하곡선이라고 한다.

우리는 태어날 때부터 부모를 잘 만났거나 로또가 되어 돈이 많아지면 행복할 거라고 생각하곤 한다. 돈이 많은 환경 속에서 노력을 하지 않아도 언제나 부족함 없이 사는 삶이 행복해 보일 수도 있다.

하지만 이것은 직선 길을 내려오는 쇠구슬과 같아서, 결코 최단강하 곡선을 내려오는 쇠구슬보다 먼저 진정한 행복에 도달할 수 없다. 왜냐하면 그들에겐 '이 힘'이 부족하기 때문이다.

어느 날 남편이 내게 말했다. "돈이 없으면 원해도 하지 못하는 게 생기는데, 돈이 많으면 언제든 원하는 걸 할 수 있잖아. 그럼 행복할 확률이 높아지는 거 아닐까?" 마치 맞는 논리처럼 들렸다. 돈이 많으면 퇴근하고 잠깐 우동을 먹으러 일본에 다녀올 수도 있고, 인턴 같은 건 때려치우고 바로 사업체를 차려 사장이 될 수도 있고, 가슴이 빨래판 같은 남자를 돈으로 유혹해서 만날 수 있는 확률도 높을 것이다. 어떤 부담감 없이 어떤 책임감도 없이 그저 하고 싶은 일만 슬슬 하면서 놀고먹을 수 있는 거다. 하지만 과연 그런 그들이 인생에서 진정한 꿈, 진정한 행복을 이룬 것이라고 할 수 있을까?

"과연 진정한 행복을 그렇게 쉽게 돈으로 살 수 있을까?" 내가 남편에게 물었다. 남편은 한참 생각하더니 고개를 절레절레 흔들었다. 그러곤 말했다. "음…, 돈으로 마음껏 원하는 걸 할 수 있다면 쾌락은 느낄 수 있을 거야. 하지만 쾌락을 넘어선 즐거움과 행복은 돈으로 쉽게 살 수 없을 것 같아. 게임을 할 때도 그래. 처음 게임을 시작하고 얼마 안 됐을 땐 현금으로 아이템을 사서 쓰면 엄청 재밌어. 단계도 빨리 깨고. 그런데 금방 질려버려. 그보단 아이템 없이 내가 하나하나 어렵게 장애물들을 이겨내고 캐릭터를 키워가며 성취를 했을 때 그 캐릭터에 애정도 훨씬 많이 가고 재밌더라고. 맞아, 그럴 때가 훨씬 행복해!"

나는 훌륭한 책을 써내는 작가가 되고 싶다. 하지만 소원을 들어주는 지니가 요술 램프를 가지고 와서 "주인님, 당장 조앤 롤링 저리가라 하는 세계적인 작가의 반열에 올려드릴까요?" 하고 물으면 정중하게 거절할 것이다(정말). "그럼 엄청난 미인이나 굉장한 부자로 만들어드릴까요?"라고 해도 거절할 것이다(정말 정말). 그것은 있는 그대로의 내 모습을 사랑하는, 즉 진정한 사랑을 할 기회를 박탈하는 것이며, 내가 스스로 인생을 성장시키며 얻을 수 있는 진정한 행복을 누리지 못하게 하는 것이기 때문이다.

최단강하곡선을 내려가는 쇠구슬이 직선을 내려오는 쇠구슬보다 먼저 진정한 행복이라는 결승선에 도착하는 이유는 곡선이란 장애물을 이겨내며 오히려 가속을 내는 탄력, 그 엄청난 파워를 지니고 있기 때문이 아닐까.

그러니 나는 오늘도 '오히려 좋아!'를 외치며 구불구불한 꿈의 길을 걸어가려 한다. 감사한 마음으로, 좀 멋지게.

물고기에게 나무를 타라니요?

"나 있잖아, 병에 걸린 것 같아."

"응?"

"아주 심각한 것 같은데."

"뭐??"

"오늘 월급날이잖아?"

"그렇지."

"통장에 월급이 찍혔는데 전혀 기쁘지가 않아…."

"음… 심각한데?"

이직한 회사에서 10개월째 일을 헤매고 있었다. 분명 다른 회사에서는 이렇지 않았는데 이곳에선 줄곧 야근을 하며 노력하는데도 잘 해내지 못했다. 급기야는 출근길이 괴롭고 무섭기까지 했다. '왜 이렇게까지 힘든 걸까? 왜 성과가 안 나오는 걸까?'라고 물으며 스스로를 괴롭히는 날들의 연속이었다. 그러던 어느 날 통장에 찍힌 월급을 봐도 기쁜 마음이 들지 않자, 나는 비로소 뭔가 크게 잘못된 것 같다는 느낌을 받았다.

10개월 전, 멸균실 같은 면접실에 한 여자가 불안한 얼굴로 앉아 있었다. "에디터로 활동하셨다죠? 글 잘 쓰시겠네요?" 면접관이 물었다. "네. 좋아해서 잘 쓰려고 노력하고 있어요." 여자가 대답했다. "음, 근데 여기는 글재주 부릴 일은 별로 없고 반복되는 일이 많아요. 그래도 글의 종류만 다를 뿐이지 글 쓰는 일이긴 합니다. 이 업계에서 연봉도 좋은 편이고 오래 근속할 수 있으니까 다니기 괜찮을 거예요."

여자는 하얀 회의실 책상에 놓인 두 개의 잔을 바라보았다. 하나의 잔에는 높은 연봉이라는 라벨이 붙어 있고, 다른 잔에는 장기근속이라는 라벨이 붙어 있었다. 여자는 '이 마시멜로, 엄마 올 때까지 절대 먹지 마'라는 약속을 한 어린아이처럼 눈동자를 이리저리 빠르게 움직이며 어찌할 바를 모르고 딱딱한 구두코를 세웠다. 잠시 뒤 여자는 결국 두 잔에 담긴 달콤한 것들을 꼴깍꼴깍 원샷해버렸다.

맞다. 조건에 끌렸다는 말을 한 줄로 표현하기 부끄러웠다. 그래서 나는 저 여자가 '사실은 저일 수도 있어요'라는 긴 변명을 하고 있는 것이다. 쾌적한 환경, 친절한 동료들, 부러울 것 없는 연봉, 안정적인 회사 구조…. 그간 다녔던 출판사, 잡지사와는 다른 달콤한 조건들이었다.

그런데 막상 일을 시작하고 나니 예상했던 것과 전혀 달랐다. 발걸음조차 가뿐할 것 같았던 출근길엔 열심히 짠 여행 일정표를 잃어버린 사람처럼 허무한 마음이 들었고, 일하는 동안엔 인생이 어디론가 술술 빠져나가고 있는 것 같아 초조했다. 더욱이 일은 아무리 노력해도 성장 없는 도돌이표였다.

그러나 쉽게 퇴사를 결심하지도 못했다. 달콤한 조건들을 포기하는 게 어렵기도 했거니와 일을 잘 해내지 못하는 나 자신이 납득되지도 않아서였다. 마음 안에 '동료들은 척척 성과를 내는데 나라는 사람은 왜 못 할까?'라는 좌절감과 '내가 뭐가 부족해서?'라는 오기가 뒤섞여 있었다.

학창 시절에 나는 늘 예쁘고 공부도 잘하는데 성격까지 좋은 1등에게 밀리는, 힘들게 공부하는 2등이었다. 주변 사람들은 그런 나를 보고 '노력해서 되는 아이'라고 말했다. 100미터 달리기도, 공부도 재능이 있고 똑똑해서라기보다 악착같이 노력하기 때문에 잘하는 거라고. 그런 평가를 들을 때면 내색하진 않았지만 실은 마음 안에 불로 지진 인두로 '너는 아무리 노력해도 멍청해서 1등은 될 수 없어'라는 문구가 찍히는 것 같았다. 오기가 생겨 더 밤을 새워 열심히 공부했지만 건강만 쇠약해지고 성적은 오르지 않았다. 딱, 회사에서 처한 상황과 같았다.

그날도 야근을 하고 밤늦게 집으로 돌아오고 있었다. 지하철에 앉아 있는데 휴대폰에 꽉 찬 메일함을 비우라는 알림이 떴다. 나는 과거순으로 메일을 정렬해서 필요 없는 것을 하나하나 지워 내려가고 있었다. 그때 메일 한 개가 눈에 띄었다. 제목은 '강지혜 학생'이었다. 대학생 때 '지성과 글'이라는 교양수업을 들은 적이 있었는데 그때 내가 제출한 과제에 대한 교수님의 답변 메일이었다. 나는 호기심이 들어 메일을 열어보았다.

"강지혜 학생. 시에 대한 감상평 잘 읽었습니다.
다음 주 수업에서 감상평을 발표해주길 바랍니다."

그 메일을 읽으니 대학교 1학년 때 학생들로 가득 찬 강의실에서 교수님이 내 이름을 호명하며 몇 가지 질문을 했던 기억이 떠올랐다. 교수님은 100명이 넘는 학생들이 이 강의를 듣고 있는데 강지혜 학생만이 유일하게 시를 이해했다며 내게 문학을 해석하는 능력이 꽤 좋다고 칭찬을 해주셨다. 당시의 벅찬 기분이 10년이 지나 지친 모습으로 퇴근하는 회사원의 마음에까지 고스란히 전해졌다.

처음으로 한 1등이었다. 기분이 이상했다. '분명 나는 멍청한 노력파인데 어떻게 1등을 할 수 있었던 걸까? 혹시… 내가 멍청하지 않은 게 아닐까? 단지 못 하는 게 있고 잘하는 게 있는 학생인지도 몰라' 하고 그때 처음으로 의문을 가졌던 것 같다.

다음 날 나는 회사에 사직서를 냈다. 늘 열심히 하던 노력파가 갑자기 일을 그만둔다고 하니 모두 놀란 눈치였다. 나는 주변의 조언에 굴하지 않고 퇴사 사유란에 반듯한 글씨로 이렇게 적었다.

'잘하는 일, 좋아하는 일을 하러 가겠습니다.'

아인슈타인이 이런 말을 남겼다. '만약 당신이 물고기를 나무에 오르는 능력으로 평가한다면 그것이 바보라고 생각하며 평생을 살아갈 것이다.' 나는 사람들이 말했던 것처럼 똑똑하진 못한데 노력해서 이만큼까지 온 2등이 아니었다. 실은 나무를 오르려 애썼던, 헤엄에 잠재력을 가진 물고기였던 것이다.

만약 당신이 나처럼 통장에 찍힌 월급을 보고도 시큰둥하다면 지금 하는 일이 당신에게 맞지 않기 때문일 수도 있다. 정원사 타샤 튜더는 꽃들도 종류에 따라 각각 성장하기 좋은 장소가 정해져 있다고 했다. 우리는 지금 우리가 잘 성장해나가고 최상의 에너지로 즐겁게 헤엄쳐 갈 만한 직업과 회사를 선택했을까? 혹시 멋진 잎사귀를 가지고 사막에 살고 있거나 화려한 물갈퀴를 가지고 나무를 오르기 위해 애쓰면서 좁은 시선을 가진 사람들의 편견에 갇혀 자신을 탓하고 있진 않을까?

이 세상에 결코 누구보다 멍청한 사람은 없다. 그렇게 느껴진다면, 그저 그가 자기 자신을 더 모르는 것일 뿐이다.

내 인생,
회사에 주지 않겠어요

　입사할 땐 회사의 이념이나 방향성이 마음에 들었다고 하더라도
회사 생활을 하다 보면 점점 마음에 안 드는 부분이 생기곤 한다. 그
럼 '어? 이건 내가 원했던 게 아닌데 갑자기 왜 이런 일이 벌어지는
거지?'라는 생각이 든다. 하지만 나의 경우 한 명의 직원으로서 현
실적으로 할 수 있었던 일은 눈치 보며 먼지 쌓인 건의함에 쪽지를
넣는 것뿐이었다.

　인간관계에서는 서로 의견이 맞지 않아 서운한 일이 생기면 대화
를 통해 어느 정도 맞춰갈 수 있지만, 근로계약서에 철저히 '갑'과
'을'이 명시되어 있는 회사에서는 그것이 쉽지 않다. 또한 아무리

직원의 의견을 잘 들어주는 회사라 하더라도 개개인의 의견을 다 반영하는 건 불가능한 일이다. 물론 회사의 방향성이 직원의 방향성과 완전히 일치하는 것도 거의 불가능한 일이라서, 대부분의 직원들은 어느 정도만 맞으면 다름을 수용하고 다닌다. 그러나 많이 어긋난 경우에 직원이 불만을 토로하면 회사라는 집단은 그에게 이렇게 말할 수밖에 없다. '싫으면 나가세요.'

이런 소리를 들으면 고민이 되기 시작한다. 내 의견을 굽히고 회사에 순응하며 계속 다니느냐, 내 뜻에 따라 살고자 퇴사하느냐. 퇴사를 하자니 생활비가 걱정되고 이직은 잘할 수 있을지도 확실치 않아 망설여진다. 운이 좋아서 내 뜻과 맞는 이직 자리를 구해놓고 퇴사를 한다고 하더라도 그 회사에서도 마찬가지일 수 있다. 다니다 보면 개인과 안 맞는 부분이 생기고 그럼 또 둘 중 하나를 선택해야 하는 상황에 놓이는 것이다. 순응하느냐? 내 뜻에 따라 사느냐?

나는 총 네 번의 퇴사를 했다. 처음 한두 번은 '이렇게 맞지도 않는 곳에서 인생을 낭비할 순 없다!'라며 과감히 나와버렸는데 정작 퇴사를 하고 보니 부모를 잃은 아이처럼 초조해져 밤낮으로 이력서를 쓰기 바빴다. 마치 연인과 헤어진 후 공허함을 이겨내지 못하고 새 연인을 찾기 위해 이리저리 뛰는 사람 같았다.

돌이켜보면 당시 암묵적으로 내 인생을 쥐락펴락하고 있었던 것은 회사였고, 연인이었고, 부모였다. 그러나 놀라운 건 그들은 내 인생을 가지겠다, 책임지겠다라는 말을 한 번도 한 적이 없었다는 것이다. 내 인생을 바친 것은 다름아닌 바로 나 자신이었다. 내가 내 인생의 주인이 되지 못하고 그들에게 많은 부분을 의지하며 책임을 전가하고 있었다. 그러니 때때로 그들에게 간섭을 받는다고 느껴져서 그들로부터 멀어지면 '헉! 이젠 나는 어떻게 살아야 하지?' 하고 몹시 불안해했다. 결국은 회사가 주는 돈에, 연인이 주는 사랑에, 부모가 주는 안락함에 무릎을 꿇었고 그러면서도 나 자신의 뜻대로 살지 못하는 것에 대한 답답함을 느끼곤 했다. 이러지도 저러지도 못하는 상황이었다.

세 번째 퇴사를 앞두고 나는 인생의 주인이 되어 나의 신념대로 살아갈 수 있으려면 어떻게 해야 할지를 진지하게 고민했다. 그리고 그렇게 되려면 '회사나 타인에게 과도하게 의지하지 않고도 벌어먹고 살 경제적 능력과 타인에게 많은 관심을 받지 않아도 괜찮을 스스로에 대한 충만한 사랑, 어려운 일이 닥쳐도 결국은 스스로 이겨낼 수 있는 의지, 즉 내가 한 선택에 따라올 수 있는 어려움들을 감당할 수 있는 힘'을 갖춰야만 한다는 걸 깨달았다.

이것이 갖추어져야만 회사가 갑과 을의 관계를 논하며 겁을 주거나, 연인이 애정을 빌미로 비겁하게 굴거나, 부모에게 내가 힘이 되어야 하는 상황이 되었을 때 위기에 끌려가지 않고 삶을 자신의 신념대로 이끌어나갈 수 있는 것이다.

이렇게 생각한 후부터 나는 나 이외의 것들을 나와 동일시하며 너무 의지하지 않으려고 노력하고 있다. 회사일이 바쁘긴 하지만 그것에 에너지 전체를 쏟지 않고 집에 와 프리랜서로 할 수 있는 작업을 병행하기도 하고, 개인 사업을 구상해보기도 한다.

자아의 단단한 독립심을 가지려고 노력하며 미래를 설계해나가는 사람과 마냥 회사와 타인에게 의지하며 사는 사람이 가지는 인생의 힘은 차원이 다르다. 나는 아직 미약하지만 고집스럽게 내가 내 삶의 주인으로서 살아가는 삶을 선택했고, 계속해서 나아가고 있다.

아무도 그 어떤 것도 내 인생을 책임져주지 않는다는 사실은, 나를 강하고 아름답게 만든다.

꿈 앞에서 막막하다면

우연히 심장을 뛰게 하는 사람을 만나 느린 눈길로 그 사람을 마음속에 넣으면 인연이 된다. 꿈도 그렇다. 우연히 심장을 뛰게 하는 무언가를 발견해 느린 눈길로 그 풍경을, 그 음악을, 그 글을 마음에 넣으면 꿈과의 연이 시작된다. 그럼 꿈은 그냥 스쳐 가지 않고 우리 안에 자라나 힘들 때마다 불쑥 얼굴을 내밀고 '날 보고 웃어요'라며 사랑스러운 위로를 건넨다. 늘 응원하며 살아갈 에너지를 주는 것, 그것이 바로 우리가 키우는 꿈이다.

나에게는 드림북이라는 꿈의 다이어리가 있다. 그 안에는 살면서 해보고 싶은 것들과 이루고자 하는 것들이 담겨 있다. 드림북을 작성하기 시작한 것은 대학생 때부터였다. 그땐 제2의 사춘기를 겪는 것처럼 앞으로 무얼 해야 할지, 어떻게 살아야 할지에 대한 고민이 많았다. 그런 질문들은 모두 '꿈'이라는 단어로 수렴됐지만, 이 광활한 단어에 어디서부터 어떻게 접근해야 할지 도무지 알 수 없었다. 그래서 무작정 다이어리를 펼쳐 꿈이라고 느껴지는 것들을 모두 담기 시작했다.

생각하는 대로 살지 않으면 사는 대로 생각하게 된다.
– 폴 발레리

처음에는 소중해서 반듯한 글씨로만 쓰고 싶었으나, 하고 싶었던 일이 어느 날부터 싫어지기도 하고 조금씩 달라지기도 해서 여러 번 수정하다 보니 깨끗하게 적지는 못했다. 그래서 나의 드림북은 일부러 암호를 걸어놓지 않았는데도 나만이 해석 가능한 비밀의 책이 되었다.

작성 규칙 같은 것은 없다. 글로만 적는 것이 아니라 책이나 잡지의 일부분을 오려 붙이고, 스케치도 하고, 꼬리에 꼬리를 무는 모형으로 아이디어를 적어놓기도 한다. 이를테면 레스토랑에 가서 먹은 샐러드가 계속 생각날 정도로 인상 깊었다면 사진을 찍어 인화해 다이어리에 붙인다. 그리고 그 아래에 이렇게 써넣는다. '세상에서 가장 맛있는 샐러드 발견! 나도 언젠가 이런 샐러드를 만들어 사랑하는 사람들에게 대접해야지.' 이렇게 적고 나면 샐러드와 내 꿈이 쭈욱 연결된 느낌을 받는다. 이후엔 자연스레 다른 곳에 가서도 샐러드를 유심히 보게 되고 어떻게 만드는지 알아보고 직접 만들어보며 내 안의 '샐러드 꿈'이 조금씩 성장한다. 대학생 때부터 서른 중반이 된 지금까지 내가 이뤄낸 소중한 성공들은 다 드림북 안에서 세상으로 나온 것들이다.

'휴대폰에 저장해두고 자주 보면 되는 거 아닌가?'라는 생각이 들 수도 있다. 그러나 나는 휴대폰보다 꿈의 다이어리를 사용하는 것을 더 선호한다. 직접 손으로 다이어리에 스크랩을 하면 꿈을 대하는 마음가짐이 진지해져 이행해나갈 용기와 동력이 더 커지기 때문이다. 그냥 스쳐 지나갈 수도 있었던 우연을 드림북 안에 적고 매일 밤 들여다보면 어느새 용감히 그곳에 전화를 걸고 직접 찾아가 멘토를 만나기까지 하며 저편의 꿈에 한 걸음 다가가 있는 나를 발견한다.

그러니 나는 꿈의 조각인 것같이 느껴지면 아주 사소할지라도 꼭 드림북 안에 스크랩을 해둔다. 중구난방으로 적혀 있어도 천천히 보다 보면 신기하게도 하나의 운명으로 이어진다는 느낌을 받는다. 일부러 그렇게 하려고 하지 않았는데도 말이다. 마법처럼 다이어리 안에 모인 꿈의 우연들이 마음속에서 인연으로 성장해 꿈의 길을 만들어준다.

꿈뿐만 아니라 인생을 살아가는 가치나 이념도 꿈의 다이어리를 통해 키워나갈 수 있다. 나는 인상 깊은 사람을 만나면 명함이나 사인을 받아 드림북에 붙여놓는다. 그리고 그 아래 '이 사람의 성공 비결은 먼저 베푸는 것. 조건 없는 베품이 삶과 세상을 아름답게 한다'라는 식으로 적어둔다. 이렇게 드림북에 적힌 메모들은 힘든 나날 속에서 나를 바로 일으키는 철학이 되고 삶의 길잡이가 되어주고 있다. 드림북을 펼쳐 볼 때면 그 안에 담긴 것들이 이렇게 말하며 곁을 지켜주는 듯하다. "괜찮아. 네겐 아름다운 꿈들이 있어. 분명 다시 행복을 만들 수 있어"하고.

오늘 심장을 뛰게 하는 찰나를 놓치지 말자. 찰나의 점들이 모여 선을 이루는 것이 인생이니까. 당신만의 드림북을 펼쳐 그 점과 선들로 지도를 만들어보자. 길이 열려 그곳에 닿기를 바라며. 그럼 그때부터 우연은 인연으로, 인연은 운명으로 성장하기 시작할 것이다. 늘 곁에서 우리를 응원하는 꿈이란 이름으로.

나만의 속도로 간다는 것

재작년 가을, 친구와 함께 처음으로 하프 마라톤에 참여한 적이 있었다. 한 달 전부터 집 앞 조깅 코스를 슬슬 달리며 단련을 해왔지만 당일 번호표를 등에 붙이니 꽤 긴장이 됐다.

출발선에 선 사람들이 의욕에 찬 모습으로 몸을 풀고 있었다. 나와 친구도 간단히 기념사진을 찍은 뒤 출발 신호를 기다렸다. '탕!' 하고 드디어 신호가 울렸다. 달려나가는데 순간, 어린 시절 운동회의 기억이 떠올랐다.

달리기 대표주자였던 나는 운동장 한가운데 뜨거운 볕을 받으며 출발 신호를 기다리고 있었다. 곧이어 신호가 떨어지자 학생들이

흥분해서 "뛰어 뛰어!!"소리를 질러댔고 나는 경주마처럼 죽을힘을 다해 앞을 향해 달리기 시작했다. 내가 1등을 하면 우리 반이 상과 함께 햄버거를 먹을 수 있었다. 그러나 사실 내게는 햄버거를 받는 것보다 승리해야 하는 훨씬 더 중요한 이유가 있었다. 그건, 모두의 기대에 부응하는 것이었다. 그렇지 못하면 친구들이 나를 싫어할까 봐 두려웠다.

나는 잽싸게 선두에 있는 덩치 큰 학생을 바짝 뒤쫓았다. 조금만 더 힘을 내면 앞설 수 있는 긴장된 순간이었다. 코너에 진입한 나는 있는 힘껏 발을 내딛었다. 그런데 그때, 뒷다리가 찌릿하더니 쥐가 나버렸고 고꾸라지며 앞선 학생의 뒷발에 얼굴을 가격당하고 말았다. 안경은 박살이 났고 나는 얼굴을 움켜쥔 채 그대로 쓰러졌다. 귓가에 웅성이는 소리만 메아리처럼 울려 퍼졌다. 다친 것 때문인지, 기대에 부응하지 못해 수치스러워서인지 땡볕 아래에서 나는 몸을 웅크린 채 한참 동안 일어나지 못했다. 깜짝 놀란 체육 선생님이 달려와 나를 들쳐 업고 양호실로 뛰었다. 결국 그날 우리 반은 햄버거를 먹지 못했다.

나는 그 후에도 '최선을 다하여라'라는 가훈을 받들어 안경이 부러질지언정, 코피가 날지언정 언제나 한계점까지 달렸다. 초등학교에 입학해 고등학교를 졸업할 때까지 단 한 번도 수업 시간에 졸아본 적이 없었다. 내게 학창 시절이란 오직 점수를 잘 받기 위해 노력하는 기간이었지, 교양이나 지식을 익히고 친구들과 추억을 쌓기 위한 시간이 아니었다.

내가 생각하는 '잘살고 행복한 미래'에는 나를 출발선에 세우고 빨리 달리라고 고래고래 소리를 지르는 무언의 청중이 있었고, 그들을 만족시켜야만 낙오되지 않고 그 미래에 도달할 수 있을 것 같았다. 그래서 늘 그들의 기대에 부응하기 위해 경주마처럼 달렸고, 그러다 중심을 잃고 넘어지면 한참을 씩씩대며 실패한 나 자신을 용서하지 못했다. 이런 학창 시절을 보냈으니 종종 "혹시 학창 시절로 돌아가고 싶나요? 몇 살로요?"라는 질문을 받으면 나는 헤드뱅잉 하듯 고개를 저으며 "절대 절대 돌아가고 싶지 않아요. 지옥이었거든요"라고 답하곤 했다.

지금 생각해보면 어린 나는 '잘살고 행복한 미래'를 위해 달리라고 나를 재촉했던 무언의 청중이 정확히 무엇인지도 모르고 겁에 질려 앞만 보고 달렸던 것 같다. 자라면서 나는 그 무언의 청중이 '부, 명예, 사랑, 행복, 건강 등 모든 것이 만족된 사회적 기준'과 '세상에 의미 있는 존재가 되어 영향력을 전하는 도덕적 기준'이었다는 걸 알게 되었다.

또한 이젠 달리기에서 우승하지 못한다 해도 친구들이 나를 싫어할 이유는 없으며, 사회적 기준과 도덕적 기준을 만족하지 못한다 해도 '잘살고 행복한 미래'에 닿지 못할 이유가 없다는 걸 알게 됐다.

물론 꿈의 성취를 통해 사회적·도덕적으로 높은 평가를 받게 되

면 좋을 일이다. 하지만 나는 그것이 잘살고 행복하기 위해 이뤄야
만 하는 필수 요건이 아니라, 보너스처럼 따라오는 있어도 좋고 없
어도 괜찮은 요소일 뿐이라고 생각한다.

꿈을 이루는 목적이 정말로 내가 잘살고 행복하고자 하는 것이라
면, 그 꿈의 선행이 타인의 기대에 부응한 사회적·도덕적 승자에
게 주어지는 것이 아니라 그저 나라는 사람에게 가장 먼저, 가장 크
게 와닿아야 한다고 느낀다. 내가 100억 원만큼의 돈이 필요하지 않
고 늘 100점을 맞지 않아도 되는데 왜 애써 그 꿈을 좇으며 그에 따
른 선행을 행하려고 하는 걸까? 또 세상을 아름답게 만들기 위해 왜
나 스스로를 병들게까지 하며 꿈을 좇는가? 그게 과연 진정으로 세
상을 아름답게 하는 걸까?

어느 날 우연히 한 강사의 강연 영상을 보다가 고개를 갸우뚱한
적이 있다.

"'쉬엄쉬엄해. 괜찮아. 지금도 잘하고 있어. 최선을 다하고 있으
니까 괜찮아. 무리하지 마.' 제가 이 말에 대해 곰곰이 생각해봤어
요. 비록 우리가 서로를 아껴주는 마음에서 해주는 말이지만 우리
가 절대로 피해 갈 수 없는 현실이 있어요. 변화와 성장은 언제나 우
리의 한계점에 있어요. 그것도 그 한계점에 도달하는 것도 아니고
그 한계점을 유지해야만 해요. 한계점에 머물러 있어야 해요."

그리고 그 영상의 베스트 댓글은 바로 이것이었다.

"한계점을 계속해서 경험하다 보면 몸이 망가집니다. 진짜 한계점을 계속 경험해보신 분이라면 저런 말씀은 못 하실 거예요. 오히려 80의 힘으로 꾸준히 노력해온 사람들이 나중에는 해내더라고요."

강연자는 무엇을 위해 자신을 한계점에 계속 머물게 해야 한다고 생각했을까? 결국엔 그도 사회적·도덕적 기준을 만족시켜 스스로 행복한 삶을 살기 위해서일 것이다. 뜨거운 노력과 그의 성과는 많은 이들의 박수를 받기에 충분하다. 하지만 베스트 댓글을 쓴 사람이 우려한 것처럼, 그는 스스로를 한계점까지 몰아붙이는 도중 자기 자신을 잃을 위험에 처할 수 있다. 나의 호흡은 전혀 신경 쓰지 않고 악착같이 선두를 따라가려다 넘어져 다친 어릴 적의 나처럼 말이다.

서두를 필요 없다. 반짝일 필요도 없다.
자기 자신 외에 아무도 될 필요가 없다.
– 버지니아 울프

자기 자신을 만족시키는 것만으로도 인생을 참되게 사는 것이다. 또한 밝은 보름달이 주변을 환하게 비출 수 있듯이 꿈의 선행이 자기 자신을 충만하게 할 때야만 비로소 사회적으로도 도덕적으로도 가치 있게 번질 수 있다.

나는 내 꿈 자체가 가장 먼저 나를 만족시키길 바라며 작가의 세계에서 나만의 속도로 걸어가고 있다. 말만 거창한 게 아니라 진짜로 그렇다. 글을 쓰면서도 괴로울 정도로 애쓰며 무리하지 않으려고 노력한다. 식사도 거르고 운동도 하지 않고 책상에만 앉아 있지 않는다. 80의 노력을 하고 20은 가까운 곳으로 산책도 나가고 아예 글을 쓰지 않는 휴식의 날도 가지며 건강한 삶을 유지하려고 한다.

그리고 내가 쓰는 모든 글들이 가장 먼저 나라는 독자에게 도움이 되길 바란다. 혹, 늦게 결승선에 도착한다고 하더라도 나 자신에게 행복을 주고 있다면 그것만으로 존재 가치가 충분하다고 생각한다. 그저 아날로그하게, 나의 호흡에 맞춰 나의 속도로 꾸준히 나아갈 뿐이다.

친구와 참가한 마라톤에서 헐떡이며 주저앉아 있는 사람들 옆을 내 페이스를 유지하며 뛰어갔다. 하늘이 주황빛으로 물들고 있었다. 레이스는 갈수록 한적해졌다. 이젠 친구도 보이지 않았다.

결국 나는 순위가 발표된 후 한참이 지나서야 결승선에 도달했다. 그곳엔 박수를 쳐주는 이가 아무도 없었다. 그렇지만 보이지 않는 동력이 몽글몽글 솟아오르고 가치 있는 따스함이 온몸을 휘감았다. 나는 무척이나 뿌듯해서, 너무나 행복해서, 결승선을 통과하며 두 팔을 번쩍 들어 올렸다.

06
—
디지털이 가져다준
Analog Miracle

디지털 세상에서 발견한
따듯한 마음과 빛나는 기회들

인간답게 살기 위해서는
무조건 디지털과 멀어져야만 할까요?

디지털 세상 안에서
얼굴 한 번 본 적 없는 인연과 진한 우정을 나누고
멀기만 했던 꿈에 한 발짝 다가갈 수 있게 되면서
알게 되었습니다.

시공간을 뛰어넘는 디지털의 무한한 가능성을
아날로그의 따듯함과 연결한다면

그곳에서 기적처럼,
참된 사랑과 빛나는 기회들을
만날 수 있다는 것을요.

디지털 안에서 만난
마음의 벗들

겨울바람이 불던 어느 날, 도심 속 신호등 앞에서 초록불이 켜지
길 기다리고 있었다. 나는 무심코 반대편에 서 있는 나와 비슷한 정
장 차림의 여자를 바라보았다. 조금은 지쳐 보였다. 여자는 코트 주
머니에서 휴대폰을 꺼내려다 다시 넣고는 앞을, 앞에 서 있는 나를
바라보았다. 여전히 빨간불인 신호등 아래 여자 둘은 마주보았고
이내 초록불이 들어왔고, 서로를 스쳤다. 쓸쓸한 온기가 번져왔다.

그날 밤 나는 제멋대로 그녀가 나와 같을 거란 생각을 했다. 나처
럼 절실히 마음을 터놓을 수 있는 친구가 필요한 사람일 거라고….

집으로 돌아오는 길, 허탈한 외로움이 발걸음을 무겁게 할 때 나는
부담스러워할 거라는 검은 액정의 속삭임을 무시하고 휴대폰 안으로

깊숙이 헤엄쳐 들어가 우리 마음 안에 닿고 싶었다. 그래서 루시 모드 몽고메리의 책 〈빨간 머리 앤〉에 나오는 다이애나와 앤처럼 영혼까지 닮은 대화를 스스럼없이 하고 싶었다.

그러나 왜인지 메신저 속 지인들의 프로필을 계속 쳐다보아도 선뜻 연락해 마음을 풀어놓을 만한 사람을 찾기 어려웠다. 갑자기 전화해 가벼운 안부가 아닌 속마음을 이야기하면 부담스러워할 것 같았고, 내 이기적이고 여린 마음을 모두 풀어냈을 때 받게 될 가여운 시선을 마주할 용기도 없었다.

그럼에도 나는 절실히 나의 연약한 진심을 누군가에게 띄워 보내고 싶었다. 그래야만 살 수 있을 것 같았다.

일주일에 한 번, 편지를 써서 디지털 세상 속 낯선 이들에게 우편으로 보내주는 편지 구독 서비스 〈친애하는 오늘에게〉는 이렇게 시작되었다. 처음엔 '과연 이토록 차가운 디지털 세상 속에 아날로그한 우정을 나누고자 하는 사람이 있긴 할까?'라는 의문이 앞섰지만 눈을 질끈 감고 SNS에 모집 공고를 게시해보았다. 그런데 며칠 뒤 놀라운 일이 벌어졌다. 지인들만이 편지를 신청해줄 거라고 생각했는데, 구독자 목록에 낯선 이름이 하나둘 적히더니 어느새 꽤 많은 수가 편지를 받아보고 싶다고 답을 준 것이다. 어둡고 차가운 액정 너머로 따스한 빛이 새어 나오는 것 같았다.

따듯한 마음을 가진 당신이 거기 계시다는 걸 알고 있습니다.

그래서 매일 밤, 깜깜한 우주에서 용기 내어

모스 부호를 두들깁니다.

새근새근 잠든 당신의 머리맡에 조심히 올려놓을

이 한 통의 편지가 당신의 삶에

따듯한 온기로 이어지길 바랍니다.

— 〈친애하는 오늘에게〉 서문 중에서

서툴지만 진솔한 마음을 담은 편지들은 매주 한 번씩 지금까지 19번의 계절 동안 그들의 우편함에 들어갔다. 시작부터 같이해서 현재까지 계속 편지를 나누는 친구들도 있으니 놀라운 기적이 아닌가 싶다.

마음으로 다가가면 마음으로 다가오는 법. 외롭던 나의 철 우편함에도 종종 정성 가득한 답장들이 배달된다. 읽어보면 그동안 마음에만 담아두고 어떻게 살았나 싶을 정도로 투명한 이야기들이 가득하다. 짝사랑하는 남자애에 관한 은밀한 이야기, 점원이 초콜릿을 계산 안 한 걸 알아챘는데 그냥 나와버렸다는 솔직한 고백, 마음 깊은 곳에 가둬두었던 아픈 고민까지…. 그럼 나도 나의 모든 희로애락을 가감 없이 편지에 담는다. 아침에 식빵에 발라 먹은 잼이 너무 달았다는 사소한 이야기부터 산부인과에서 왼쪽 난소가 커지고 있다는 검진 결과를 받았다는 소식, 숨기고 싶었던 우울증 이야기까지 모든 것을 나눈다. 과거에 그토록 누군가에게 말하고 싶었지만 쉽사리 닿을 수 없었던 진심들이다. 이렇게 우린 편지라는 매개로 현실에선 털어놓기 어려웠던 깊은 마음을 주고받으며, 함께 자기 자신으로서 진정한 삶을 살아갈 힘을 키워나가고 있다.

그들과 소통하며 깨달았다. 비록 디지털이란 수단은 수치로 형상화되어 냉정할 수 있지만, 디지털 세상도 결국 사람으로 구성되어 있고 사람이 만들어가는 곳이라는 것을. 그렇기에 그곳에도 언제나 인간다운 사랑이 존재한다는 것을 말이다.

디지털을 바라보는 관점이 성장한 후부터는, 그 안에서 누군가와 소통을 할 때마다 좀 더 진지하게 임하려고 노력한다. '좋아요' 한 번 누르고 형식적인 댓글만 쓰는 것이 아니라, 콘텐츠를 올린 작성자를 실제로 마주한 듯 다정하게 바라보고 진지하게 답한다. 신기한 건 그럴수록 SNS 속 낯선 인연들도 편지 친구들처럼 가까이 내 삶 안으로 들어오는 것 같다.

어쩌면 디지털 세상 그 자체는 차가운 공간이 아닐 수 있다. 그저 우리가 차갑게 바라보고 차갑게 사용한 것일 뿐. 그러니 이젠 살다가 쓸쓸한 마음이 들 때면 망설이지 않고 디지털의 힘으로 더 멀리, 아날로그의 힘으로 더 깊게 나아가자 생각한다. 그곳에 있을 당신과 진실한 마음의 벗이 되어 이 세상에 언제나 따뜻한 사랑이 존재한다는 걸 느끼며 살아가고 싶다.

시공간을 뛰어넘은 우정,
신지와 나

신지, 60대 중반 마초로 추정.

강작, 30대 중반 미녀로 추정.

한 번도 상상해본 적 없었다. 60대 아저씨와 절친한 친구가 될 거란 걸. 당시 20대 중반이던 내 인간관계 안에는 60대 사람이란 전혀 없었고, 구태여 주변에서 찾아본다면 회사에서 마주치고 싶지 않은 꼰대 상사 한두 명 정도였다. 나에게 60대란 별로 생각해본 적도 없지만 유쾌하지 않은 그런 부류의 사람이었다. 그러니 만약 그를 어느 모임에서 실제로 만났다면 나는 내게 말을 거는 그를 '부담스러운 아저씨'라고 선을 그었을지도 모른다. 하지만 우린 그런 작고 제한적인 모임이 아니라 광활한 우주 같은 디지털 세상에서 만났다.

그는 내가 편지 친구를 구한다고 온라인에 올려둔 글을 보곤 내게 메일을 보내왔다. 그래서 처음엔 서로에 대해 아는 바가 별로 없었다. 그는 강작이라는 필명을 쓰는 내가 여성인지 남성인지도 몰랐고, 나는 그가 20대 훈남인지 80대 노인인지 알지 못했다.

✉️ 신지의 편지

강지혜라고 뜨는 걸 보니 본명이시라면 여성분이로군요. 서로에 대해 아무런 정보 없이 메일을 주고받는 게 나을까? 아니면 개인사에 관한 잡스러운 이야기도 공유하는 게 좋을까? 만약에 친구가 필요하다면 개인의 역사도 가끔 언급해도 되는 게 아닐까? 뭐 이딴 쓸데없는 생각을 좀 해봤네요.

보내면 그래도 응답이 있는 그런 편지를 기대한 걸까요? 아니면 힘들 때 전해주는 위로? 속사정을 말할 상대? 물론 당신은 나한테 무슨 말이든 하고 싶은 모든 걸 말해도 좋아요. 하지만 나는? 당신께 물어보는 거예요. 머릿속 아수라장에서 떠올랐다 사라지는 모든 것들을 말해도 되는 것인지…. 모든 걸 말할 수 없듯이 모든 걸 다 들어줄 수는 없을지도 모르니까요.

이제 비도 그치고 술도 다 깼네요. 스케일링을 받으러 가야 하는데 두려워서 차일피일하고 있어요. 내일이나 모레는 가보려 합니다. 오는 길에 싱고니움이나 스파티필름 두어 개 사서 골뱅이 캔에 수경재배를 해봐야겠어요.

그나마 첫 편지는 고상한 편이었다. 이어지는 그의 편지들에는 상당히 이색적인 문체로 쓰인 복잡한 이야기들이 가득했다. 그는 보이지 않는 내게 거침없고도 자유롭게 자신의 일상과 마음을 풀어 놓으며 단숨에 팔을 뻗으면 닿을 것 같은 위치로 훅 다가왔다. 그렇게 계속해서 메일을 주고받다 보니 신기하게도 해석하기 어려웠던 그의 이야기들이 점점 이해되기 시작했고, 어느새 나는 출근하자마자 메일함을 열어보며 수북이 쌓인 스팸과 업무 메일 사이에서 '신지'라는 이름을 가장 먼저 찾게 되었다.

🚃 강작의 편지

이 우울하면서도 웃긴 편지는 도대체 어떻게 하면 쓸 수 있는 거죠? 당신은 분명 예술가입니다. 지금 겪고 있는 우울한 감정은 훌륭한 예술가들이 겪는 일이잖아요. 저도 감정 기복이 심한 편이에요. 슬픈 날엔 펑펑 울다가도 다음 날은 다시 싱글벙글 웃고 다니죠. 무라카미 하루키가 '작가라면 감정을 컨트롤할 줄 알아야 한다'라고 했지만 미생에 불과한 저는 슬픈 날이면 다크서클이 턱까지 내려온답니다. 그런데 울면서 쓴 글들이 꽤 인기가 좋더라고요? 감정이 짙게 묻어나서 그런가?

당신이 예술가란 증거가 하나 더 있네요. 대부분의 예술가들은 당신처럼 술을 사랑하니까요. 그러니 더 자주 마시고 뭐든 창조해 보시길 바랍니다. 추천해준 영화나 책들이 그럴싸한데요? 아직 제가 보거나 읽지 않은 것이 대부분이라, 당신께 작가라고 불리는 것조차 민망할 지경이에요.

아! 당신에 대한 명확한 정보를 한 가지 알아냈어요. 당신이 디자인에 관한 일을 하고 있다. 그쪽이라면 저와도 어느 정도 연관이 있습니다. 저도 디자이너들과 일하고 있거든요. 그리고 추측하건대 당신께 상사가 있다고 하는 건 보니 아마 70대는 아닌 것 같네요? 70대라도 실망하지 않겠어요. 우린(?) 친구니까.

하여간 지난번에 말한 건 찾았나요? 올봄에 하고 싶은 일이요. 당장 찾으라고요! 벌써 개나리가 피고 있어요.

✉️ **신지의 편지**

Re. 봄에 하고 싶은 일….

1. 스케일링: 4월 첫 주

2. 문신: 왼팔에 길게 4월 둘째 주. 콘셉트는 주었고 디자인을 기다리는 중(ㅎㅎ) 모노톤으로.

3. 신규 프로젝트: 열심히 할 것! 진짜 진짜로.

4. pause: 사랑과 약간의 거리를 둘 것…. 5월까지는.

5. 코맥 매카시 〈국경〉 3부작 읽을 것, 〈안녕 주정뱅이〉, 〈너무 한낮의 연애〉, 〈자살의 전설〉, 〈한낮의 우울〉 구매할 것(사랑과 거리를 유지하고 술을 너무 먹지 않는다면 다 읽을 수 있을 듯).

6. 자전거 타기

알고 보니 그는 '그냥 아저씨'가 아니었다. 노란 개나리가 피는 봄, 왼팔에 길게 문신을 하고 코맥 매카시 〈국경〉 3부작을 읽고 싶어 하는 사람이었다. 이후 나는 그의 성별이 뭐든, 그의 나이가 많든 적든 전혀 신경 쓰이지 않았다. 그는 그저 나와 다른 행성에 살다가 우주의 시간을 순간 이동해서 온 멋진 친구였다.

얼굴을 마주하고 있지 않아 용기가 생긴 걸까? 어느새 나는 그에게 내 모든 일상을 풀어놓는 수다쟁이가 되어 있었다. 정말 많은 것들을 솔직하게 메일에 담았다. 막막한 꿈에 대해서도, 만나고 있는 남자의 치명적인 단점들도…. 그럼 그는 숨길 수 없는 삶의 내공을 조금 과격한 언어로 풀어내면서 내 나약한 감정에 시원한 위로를 퍼부어주었다. 나도 만만치는 않았다. 그가 슬럼프에 빠져 있는 듯하면 나 또한 가감 없이 조언 폭격을 날렸다. 물론 그가 나보다 연식이 있는 사람이라는 건 알고 있었지만 그런 건 문제가 되지 않았다. 우린 이미 친구였으니까.

⭐ **신지의 편지**

holy shit… 걍 빠른 답장을 해야겠다고 생각했습니다. 어떤 말이 위로가 되기는 할까요? 나는 잘못한 일이건 재수 없는 일이건 지난 일은… 잊으려고 하는 편입니다. 제정신으로 살아야 하니까…. 술의 힘을 빌리거나 약을 하거나 그런 것보다는 내 멘털이 견뎌낼 수 있도록 룸을 만들어주는 편입니다. 때로 어떤 일들은 시간이 필요하기도 하지만요.

sense of humor 유머 감각이라고 해야 하나요? 나는 그게 삶을 소화하는 방식이라고 이름 지었습니다. 그러니까 정확하게 사전적인 의미는 아닌 거죠. 살아가는 데는 유머 감각이 필요합니다. 살다 보면 개떡 같은 일도 가끔은 생기지요. 아주 슬픈 일, 아주 억울한 일, 재수없는 일이 생기면 유머 감각이 필요합니다.

'인생이 나에게 던지는 개떡 같은 농담을 받아치는 기술이요.'

현실을 살아가는 우리의 의식 안에는 보이지 않는 여러 선이 존재한다. 의식하든 의식하지 않든 학벌, 재산, 성별, 나이, 집안, 외모, 사는 곳 등 나름의 기준을 가지고 상대가 내 부류 안에 들어오는지 그렇지 않은지를 따진다. 하지만 디지털 세상에서는 그렇게 하는 게 쉽지 않다. 익명이라는 속성을 거짓으로 남용하지만 않는다면, 디지털 안에서는 시공간을 뛰어넘는 무한한 가능성의 문이 열린다. 그리고 그 가능성이 아날로그의 따듯한 마음과 연결된다면 우리가 사는 세상은 우주만큼 넓어질 수 있다.

이 생이 다하기 전에 얼굴 한 번 볼 수 있을지 모르겠지만 나의 든든한 마초 친구, 신지에게 언제나 이 말을 전하고 싶다. 내게 우주를 보여줘서 고맙다고, 내 친구가 되어줘서 고맙다고. 그가 이 글을 보고 있다면 자전거는 그만 타고 당장 편지를 써주었으면 좋겠다.

디지털 세상에서 날아온
수호천사

살면서 얼굴 한 번 본적 없는 사람에게 은혜를 입을 확률이 얼마나 될까? 1%? 내게는 그 희박한 확률을 아무런 바람 없이 행해준 고마운 사람이 있다.

그녀와 난 카카오의 글 플랫폼 '브런치스토리'에서 작가로 활동하며 인연을 맺었다. 라디오 작가였던 그녀는 어느 날 제주도에 매료되어 퇴사하고 홀로 그곳으로 내려가 책 작가로서의 삶을 살아가고 있었다. 우린 처음엔 메일로, 그러다 곧 손편지로 마음을 주고받게 되었다. 그녀의 편지에서는 늘 강한 다정함이 느껴졌다. '강한'이라는 수식어가 '다정함'이라는 단어에 어울리지 않지만 이렇게 표현할 수밖에 없을 것 같다.

한번은 그녀로부터 신기한 스탬프가 찍힌 엽서를 받은 적이 있었다. 일본 여행 중에 편지를 보내준 것이었다. 우체국 시간이 얼마 남지 않아 다급했다고 쓰인 엽서에는 벚꽃 모양의 우표들이 겹겹이 붙어 있었다. 얼굴 한 번 본 적 없는 인연에게 여행 중에 이렇게 정성스러운 편지를 보내주었다는 것이 놀라워 나는 몇 번이고 반복해서 읽고 소중히 보관해두었다. 이후에도 그녀는 내게 제주의 음악이 담긴 CD나 큰 병에 담긴 수제청 같은 애정의 깜짝 선물을 보내주었고, 마침내 작은 연말 카드와 함께 막 세상에 나온 따끈따끈한 그녀의 첫 책을 보내주기도 했다. 그럴 때마다 나는 멀리서 불어오는 따듯함이 감당할 수 없을 정도로 감동스러워 어쩔 줄 몰랐다.

종종 연인에게 그녀에 대해 이렇게 말하기도 했다. "정말 대단한 분이야. 낯선 내게 마음을 선뜻 내어준다니까!" 그러자 내 말에 그가 샘이 났는지 뿌루퉁한 목소리로 말했다. "에휴, 강작이 이렇게 못된 실체를 가지고 있다는 걸 안다면 마음을 내어주지 않을 텐데…." 나는 그를 힘껏 노려보았다. "제주에 가면 꼭 그분을 만날 거야. 아, 너무 떨릴 것 같아!" 그랬더니 그가 이번엔 입을 삐죽 내밀며 말했다. "내가 먼저 만나서 더 친해질 거야!"

내게 있어서 그녀에게 받은 마음은 세상 사람들이 모두 볼 수 있도록 하늘 높이 번쩍 들어올려 자랑하고 싶은 것이었다.

바쁘게 회사 생활을 하느라 그녀에게 마지막 편지를 보낸 지 1년 정도가 흘렀다. 여느 평범한 날처럼 출근해서 일을 하고 있는데 오후 1시쯤 친언니로부터 전화가 왔다. 이상했다. 평소에 언니는 회사에 있을 때 별다른 일이 아니면 전화를 하지 않았기 때문이다. 나는 하던 일을 내려놓고 작은 목소리로 전화를 받았다.

"왜 언니?"

"지혜야, 엄마가 제주도에서 허리를 좀 다치셨대. 같이 간 회사분이 지금 병원이라고 했는데 나도 정확한 건 모르겠어. 지금 우리 제주도로 가봐야 할 것 같아."

늘 강한 언니의 목소리가 파르르 떨리고 있었다.

나는 다급히 언니에게 회사분 연락처를 받아 전화를 걸었다. 상황을 들어보니 엄마는 회사의 동료들과 떠난 제주 여행에서 사고로 척추 골절을 당한 것이었다. "네??! 척추라고요?" 눈앞이 캄캄해졌다. 긴급한 상황이라 이미 큰 병원으로 이송됐고, 수술이 잘못될 수 있으니 가족들이 당장 제주로 와야 한다고 했다. '우리 엄마가? 우리 엄마가…?' 믿기지 않은 상황이었다. 나는 전화를 끊고 바로 가방만 들고 회사를 뛰쳐나와 눈물로 범벅이 된 채 제주로 날아갔다.

엄마는 이미 수술 중이었다. 한참 뒤 침대에 실려온 엄마는 퉁퉁 부은 얼굴로 중환자실로 옮겨졌다. 곧이어 문이 열리고 의사가 나왔다. 그리고 덤덤한 목소리로 우리 가족에게, 앞으로는 엄마가 걸을 수 없을 거라고 말했다. 지금도 그때가 생생하게 떠오른다. 마주본 언니와 아빠의 표정, 얼어붙은 내 심장 그런 것들이…. 그날 밤 우리 셋은 한 번도 와보지 못한 깊은 슬픔의 행성에 떨어져 있었다.

엄마가 심각한 상태였지만 코로나가 기승을 부리던 시기라 육지에서 온 우리는 바로 병원에 들어갈 수 없었다. 코로나 검사를 해도 2주 동안 격리를 해야만 했다. 큰 수술을 마치고 고통을 호소하는 엄마 곁에 갈 수 없다는 현실이 너무나 무섭고 서글펐다.

수술 다음 날, 중환자실에서 전화가 왔다. 나는 황급히 전화를 받았다. 간호사가 내게 엄마의 보호자가 맞는지 확인을 한 후 엄마의 의식이나 호흡, 혈압 수치가 괜찮은 편이라고 말해주었다. 엄마를 간호할 간병사를 빨리 구하라는 말에 알겠다고 전화를 끊으려는데, 간호사가 말했다.

"아, 혹시 전화 받으신 분이 둘째 따님이세요? 어머님이 생일 축하한다고 전해달라고 하셨어요."

엄마와 나, 우리가 만난 서른세 번째 해였다.

언니와 아빠는 회사 때문에 서울로 돌아갔고 나는 퇴사를 결심했다. 계획했던 것보다 퇴사 시기가 앞당겨지긴 했지만 가족이 한 명도 없는 낯선 땅에 엄마를 이대로 두고 갈 순 없었다. 그 후 인근의 원룸을 계약하고 매일 병원 근처만 빙빙 돌며 간병사가 필요하다는 것은 모조리 사다 주었다. 그것만이 내가 할 수 있는 유일한 일이었다.

그 즈음이었던 것 같다. 그녀로부터 연락이 온 것이. 제주에서 지낼 방을 구하려고 할 때 도움을 요청했기에 그녀는 내 상황을 알고 있었다.

"강작님, 저는 제주도민이라 격리 안 하고 병원에 들어갈 수 있잖아요. 제가 들어가서 어머님 보고 올게요."

피도 섞이지 않았고 오랜 지인도 아니었고, 심지어 한 번도 만난 적 없던 사람이었다. 그런 사람이 나 대신 내 눈이 되어 어머니를 보고 온다는 말을 듣고, 나는 차가운 원룸 바닥에 주저앉아 한참을 엉엉 울었다.

다음 날 병원 앞 카페에서 그녀를 만났다. 내가 생각했던 이미지와 달리 그녀는 들꽃같이 작고 여린 체격을 지닌 사람이었다. 하지만 역시 눈빛엔 강한 다정함이 묻어 있었다. 이미 병실을 다녀온 그녀는 내게 엄마의 상태를 알려주었다. 그러곤 눈물을 흘리는 초췌한 모습의 나를 잠시 안아주었고, 글을 작업하는 이야기와 그녀가 키우는 귀여운 겁쟁이 강아지에 대해서도 이야기해주었다. 나는 잠깐 동안이나마 디지털 세상에서 날아온 천사 덕분에 일상으로 돌아온 듯한 위로를 받았다. 그녀가 돌아가고 그녀의 집주소에서 병원까지 거리를 재어보니 버스로 가도 아주 먼 거리였다.

곧 간병사로부터 전화가 와 엄마를 바꿔주었다. "지혜야… 그분 정말 고맙다. 뭘 챙겨 왔는지 아니? 큰 쇼핑백에 환자에게 필요한 가제 손수건 여러 장을 손수 다 삶아 개어 오고, 소독한 빨대병이며 옷걸이, 침대에 걸 수 있는 휴대폰 거치대까지 챙겨 왔어. 어떻게 이러니…. 이런 건 친척도, 친한 친구도 못 한다. 그리고 나한테 그러더라. 그래도 지혜 씨는 엄마가 있지 않느냐고, 자신은 엄마가 돌아가셔서 없다고." 통화를 마친 뒤 그녀가 떠나간 자리 앞에 그대로 앉아 간병사가 찍어 보내준 사진을 한참 동안 들여다보았다.

그녀는 내가 차갑게만 생각했던 디지털 세상 안에서 누구보다 강한 다정함으로 온도를 올리는 사람이었다. 그녀를 만난 날 카페에 홀로 남아 내 심장박동 소리를 들으며 다짐했다. 그럴 수만 있다면 나도 그녀처럼 인생의 매서운 바람에도, 세상의 차가움 속에서도 언제나 강한 다정함을 지니고 베푸는 사람이 되겠다고. 하늘에서 내려온 천사에게 받은 이 아름다운 마음을 도움이 필요한 또 다른 누군가에게 꼭 전달하며 살겠다고….

현실로 튀어나온
디지털 인연들

　과거 나는 종종 현실의 나와 디지털 속 나 사이에 괴리감을 느끼
곤 했다. SNS에 사진 하나를 올리더라도 현실과는 다르게 예쁘게
세팅하고 구도를 잡아 최대한 멋져 보이게 만들었기 때문이다. 하
지만 사실 그것은 어질러진 방의 한 부분이었고, 평범한 일상 중 특
별한 하루일 뿐이었다. 그곳에서의 내 모습은 현실보다는 이상향
에 가까웠다. 그러니 디지털 속 나를 보고 있으면 사람들을 왠지 속
이는 것 같았고, 카메라 바깥으로 내쫓기는 현실의 내게 미안한 마
음이 들기도 했다. '디지털 안의 나는 내가 아닌 걸까?' 그런 물음이
늘 마음 한구석에 자리하고 있었다.

어느 날 단골 책방 사장님이 내가 디지털 친구들과 편지로 인연을 이어나간다는 걸 알고, 연말에 한 번 책방에서 모임을 가져보면 어떻겠냐고 제안을 해주었다. 편지로만 이어진 인연을 좀 더 견고히 만들 수 있는 기회가 되지 않겠냐며 대관료는 받지 않을 테니 해보고 싶으면 해보라고 했다. 가슴이 두근거렸다.

얼굴 한 번 보지 않고 몇 년간 인연을 이어온 사람들이었다. 그들은 내가 이렇게 초라한 옷을 입고 다니며, 작가 같지 않은 촌스러운 외모를 가졌다는 것도 모를 터였다. 그동안 모든 걸 털어놓으며 소통하긴 했지만 그래도 디지털 속 강작이 현실의 강지혜보다 나은 모습이라고 생각했다. 너무나 소중해진 인연인데 현실의 내 모습을 보고 실망해서 연락을 끊을까 봐 불안하기만 했다. 결국 나는 사장님의 고마운 제안을 받아들이지 못하고 책방을 나왔다.

집으로 돌아오며 내내 편지 친구들을 생각했다. 일상 속 소소한 즐거움을 호들갑 떨며 두 배로 만들고, 인생의 어려움을 보듬어 안아주는 그런 지난날의 편지들을 생각했다. 서로에게 친구 이상이 된 사람들. '그런 사람들이라면 내가 카메라 밖으로 밀어냈던 내 현실을 보여줘도 괜찮지 않을까…?' 하는 옅은 기대감이 차올랐다. 그리고 그날 늦은 밤까지 편지를 쓰던 나는 편지지 끝에 작은 글씨로 한 문장을 써넣어버렸다.

추신.

12월 22일 토요일 오후 6시, 공릉동에 있는 작은 책방에서 당신을 기다릴게요. 당신이 보고 싶습니다.

태어나서 가장 떨리는 날이었다. 출발 전 거울 앞에서 내 모습을 살펴보았다. '최대한 작가답게, 디지털 속 강작답게' 차려입은 현실의 강지혜가 어색하게 웃고 있었다. 시간이 재촉하지 않았더라면 한 발짝도 나가지 못했으리라. 주문해둔 케이크 두 개를 양손에 하나씩 들고 부랴부랴 책방으로 향했다. 사장님은 기대에 찬 표정으로 나를 반겨주었다. 그러나 내 마음은 여전히 불안했다. 해가 지고 약속한 시간이 다가왔다. 나는 계속 거울과 바깥을 번갈아 보았다. 그때 한 여자분이 문을 열고 들어왔다.

편지로만 소통한 터라 얼굴만 보고서는 단번에 누군지 알 수 없었다. 상대도 마찬가지여서 벌떡 일어나 어색하게 웃는 사람이 그냥 강작이라고 짐작했던 것 같다. 하지만 곧 이름을 주고받은 우리는 이산가족이 상봉한 것처럼 반갑게 대화를 나누기 시작했다.

차례로 편지 친구들이 문을 열고 선물처럼 등장했다. '아, 당신이 선민이군요, 당신이 기찬이고, 당신이 수연이야. 그렇죠?' 하고 우리는 눈빛을 마주보았다. 아주 멀리서 온 분도 있었고, 시험이 끝나고 힘들게 와준 분도, 딸과 함께 와준 분도 있었다. 그들은 수줍게 인사하는 나를 따뜻하게 바라봐주었다. 나는 최대한 현실의 강지혜가 아니라 디지털 속 강작으로 보이기 위해 의식해가며 애를 썼다.

준비한 작은 행사가 끝나고 조금 지친 나는 자리에 앉아 옆에 있는 친구에게 말했다. "저와 계속 편지를 나눠줘서 고마워요. 편지 속에서도, 현실에서도 좋은 모습을 보여줘야 하는데 내가 좀 우당탕 서툴죠? 부끄럽네요." 그러자 그녀가 말했다.

"멋진 강작도 좋지만 서툰 강작도 좋아요. 어쩌면 더 좋아요."

그녀의 말을 듣고 나는 얼굴을 붉혔다. 그리고 부끄러운 미소와 함께 이런 생각이 떠올랐다. '어디에서도 어느 순간에도 나는 나였던 거구나. 디지털 공간에서 만들어나가는 모습도 나이고, 현실의 아날로그 공간에서 고군분투하며 살아가는 모습도 나이며, 이렇게 사람들 앞에 서서 사랑을 나눌 수 있는 모습도 나였던 거구나….'

형태가 다르긴 하지만 디지털과 아날로그, 두 세상 사이를 경계지을 필요는 없을 것이다. 보이지 않는다고 가짜가 아니며, 보인다고 해서 진짜가 아니니까. 정말 중요한 건 보이지 않는 디지털 세상에서든, 보이는 아날로그 세상에서든 자신이 자신의 모든 모습을 사랑하며 존재하는 것이 아닐까.

하나둘 책방을 나가는 사람들에게 나는 처음으로 편안하게 활짝 웃음을 지어 보였다. 그러자 더없이 부드러운 웃음들이 내 마음 안으로 다시 돌아왔다. 태어나서 처음으로 나 자신이 있는 그대로, 자랑스러운 밤이었다.

용기 없는 글쟁이에게 찾아온 디지털의 응원

'서랍 속 내 이야기가 작품으로, 브런치스토리'

You see the piece of paper
종이 조각을 바라보는 너

Could be a little greater
더 멋있게 될 수 있는데

Show me what you could make her
네가 그녀를 어떻게 만들 수 있는지 보여줘

You'll never know until you try it
해보기 전엔 알 수 없잖아

Hmm-mm, And you don't have to keep it quiet
넌 조용히 있지 않아도 돼

And I know it makes you nervous
알아, 불안하겠지

But I promise you,
하지만 약속할게

it's worth it to show'em everything you kept inside
네 마음속에 간직하던 모든 걸 보여주는 건 그럴 만한 가치가 있는 일이야

Don't hide, don't hide
숨지 마, 숨지 마

Too shy to say, but I hope you stay
이런 말 하는 거 너무 쑥스러운데 네가 계속 있었으면 좋겠어

Don't hide away
숨기지 마

Come out and play
세상에 널 드러내

– 빌리 아일리시, 'Come out and play' 가사 중에서

내 꿈은 새싹이 나자마자 사람들에게 외면을 받았다. "작가가 되고 싶다고? 밥이나 벌어먹고 살 수 있겠어?" "재능은 있어? 그런 건 타고난 재능이 있어야 되는 거야." "힘만 들고 돈도 안 되는 걸 왜 하려고 해?" 칭찬과 격려를 해줘도 잘 자랄 수 있을지 모르는 판에, 앞선 부정과 차가운 외면은 내 어린 꿈을 너무도 외롭게 했다.

대학을 졸업하고 생계를 위해 광고회사에서 카피라이터로, 잡지사에서 기자로 일했다. 그곳에서 내가 쓸 수 있었던 건 오직 돈을 벌어

주는 글이었다. "여기 쓸데없는 서두 날리시고요. 제품의 장점이 더 부각되게 써주세요." 상품이 잘 팔리게 하는 자극적인 카피와 개업한 병원에 환자들을 몰리게 하는 화려한 수식어들 그 이상도 그 이하도 아니었다.

늦게 퇴근을 하고 모두가 피곤해 잠든 밤이 되어서야 나는 고양이처럼 조용히 방에 들어와 작은 스탠드를 켜고 꿈의 서랍을 열었다. 그리고 '아무것도 아닌 것'이라고 생각했던 나의 글들을 땀을 뻘뻘 흘려가며 정신없이 썼다. 그럼 종일 서랍 속에 갇혀 있던 내 꿈은 작은 스탠드에서 나오는 여린 빛만을 받으며 겨우겨우 살아내주었다.

그렇게 쓴 글들을 모아 아무도 모르게 출판사에 투고하려고 여러 번 회사 앞까지 찾아갔지만, 늘 용기 내지 못하고 멈칫멈칫하다 돌아올 뿐이었다. '내 이야기가 작품이 될 만한가, 서툰 내가 작가가 될 만한 사람인가'를 되묻고 되묻다 매일 밤 프린터에서 나온 꿈의 뭉치들을 손으로 구겨 버렸다. 지쳐 잠이 들면 '작가가 돼서 뭘 해?'라는 사람들의 목소리가 웅성웅성 귓속으로 파고들었다.

그렇게 시간이 흐르고 흘러 한 해의 하반기가 되었다. 나는 평소같이 작은 사무실에서 편집 디자이너 건너편에 앉아 곧 발행될 잡지 원고를 교정하고 있었다. 그때 디자이너 과장이 내게 메시지를 보내왔다. "지혜 씨, 근데 내년에도 이 회사 다닐 거야? 난 퇴사할까 봐. 아후, 지겨워." 나는 교정하던 컴퓨터 창을 잠시 닫고 PC 카카오톡을 열었다. 그러곤 답장을 보내려다 '그 배너'를 발견하게 되었다.

'이번 크리스마스에 당신의 글이 책으로 출간됩니다.'

"지혜 씨? 교정 다 됐어?" 디자이너 과장이 물었다. "잠시만요."
나는 배너를 눌러 연결된 웹페이지에서 눈을 떼지 못한 채 답했다.
'9월, 서랍 속 글을 꺼내보세요. 크리스마스에 당신의 꿈이 이루어
집니다.' 웹페이지 중앙에 이렇게 적혀 있었다. 심장이 빠르게 뛰기
시작했다. 그 문장이 나라는 사람에게 직접 전송된 건 아니지만 마
치 정확한 수신자가 있는 것만 같았다.

브런치스토리, 카카오에서 만든 글 플랫폼이었다. 2015년 내가
그 배너를 발견했을 당시엔 글 플랫폼이란 게 잘 알려지지도 않았
고, 브런치스토리도 이제 막 시작된 터라 생소하게 느껴졌다.
브런치스토리는 작가들이 지속적으로 창작 활동을 펼칠 수 있는
디지털 환경을 만들어줌으로써 좋은 글이 많이 탄생하도록 하고, 그
로 인해 세상에 많은 감동과 영감을 전달하고자 하는 취지로 카카오
에서 만든 앱이다. 그리고 내가 본 광고 배너는 브런치스토리가 매
해 진행하는 '브런치북 프로젝트'에 관한 것이었는데, 이는 출판사
들과 협업해서 브런치스토리 작가들이 공모한 글 중 선정하여 책 출
간 기회를 제공하는 것이다.

"여러분의 재능과 관심사는 자신에게 주는 선물이에요.
잘하든 못하든 그건 중요하지 않아요.

만약 즐기고 있는 게 있다면 세상에 드러내세요.
매우 크리스마스 같고 귀엽잖아요. "

- 빌리 아일리시

길이에 상관없이 10편 이상의 글을 브런치스토리에 올리고 공모
를 하면 되는 것이었다. 심지어 자유 주제. 응모작을 쓰는 일조차 장
벽이 높았던 기존의 글 공모전들과는 확실히 달랐다. 남은 기한은
한 달. 회사에 다니면서도 해낼 수 있을 것 같았다. 그날 집으로 돌
아오는 지하철 안에서 나는 바보같이 새어 나오는 웃음을 참느라 입
술을 앙다물었다.

해보고 싶었다. 아무리 세상이 작가는 가난하고 힘든 직업이라고
외면해도 이번엔 꼭 해보고 싶었다. 지하철 안의 사람들이 모두 들
여다보는 휴대폰, 그 안에서 내게 기회를 주었으니까.

You can make anything by writing.
당신은 글쓰기를 통해 무엇이든 만들어낼 수 있습니다.

- C. S. 루이스

그날부터 나는 일이 끝나면 쏜살같이 집으로 향했다. 간단히 저
녁을 먹고(어떤 날엔 책상에서 입에 빵을 쑤셔 넣으며) 빠르게 씻고
정신없이 글을 썼다. 내게 허락된 모니터 속 흰 바탕에 나는 그동안
마음의 서랍장에 넣어두었던 이야기들을 과감히 적어 내려갔다. 브

런치스토리가 내게 보내준 메일에 적힌 C. S. 루이스의 명언처럼, 그곳에서 나는 글로써 어떤 것이든 이룰 수 있는 사람이었다.

하나하나 글을 업로드할 때마다 내 글을 구독하는 독자들이 생기고, 따듯한 응원의 댓글이 올라왔다. 너무 신나서 나는 아침 해가 뜨는 줄도 모르고 밤을 꼴딱 새우며 글을 썼다. 아무도 봐주지 않았던 캄캄한 서랍 속의 꿈, 잘 자라지 못한 나의 외로운 꿈이 행복하게 웃고 있었다. 그렇게 기한 내에 응모할 수 있었다.

한 달 뒤쯤 드디어 손꼽아 기다리던 발표 날이 되었다. 나는 아침부터 휴대폰을 멀리 두고 아무렇지 않은 척 평소처럼 시간을 보냈다. 하지만 조그만 소리에도 온몸의 촉각이 곤두섰다. 함께 요리를 하던 엄마는 허둥대는 나를 보며 왜 그러느냐고 의아해했다. 아무에게도 알리지 않은 도전이었다.

식사를 다 준비하고 가족들이 모여 앉아 있었다. 그때 멀리 있던 내 휴대폰에서 '띠링' 하고 알람이 울렸다. 나는 벌떡 일어나 뚜벅뚜벅 휴대폰으로 향했다. 그리고 수상자 명단에서, 내가 그토록 찾고 싶었던 필명을 발견할 수 있었다. 나는 와락 소리를 지르며 두 팔을 번쩍 들어 올렸고 그런 나를 가족들이 놀란 얼굴로 쳐다보았다.

내가 쓴 10편의 글은 '제1회 브런치북 프로젝트'에서 은상으로 선정되어 출간지원금을 받을 수 있었다. 대상을 받은 작품들만이 출간이 되었던 터라 은상을 받은 내 작품은 출간으로 바로 이어지진 못했지만, 그 수상을 계기로 나는 더 이상 내 꿈을 서랍 속에 넣어두지 않기로 결심했다. 브런치스토리라는 디지털 공간이 내게 나의 이야기도 멋진 작품이 될 수 있고, 서툰 나도 작가가 될 수 있다고 용기를 주었기 때문이다. 전엔 어떻게 알았겠는가. 디지털이 현실의 사회보다 훨씬 더 따듯하게 나의 꿈을 응원해줄 것이란 걸….

디지털의 수단은 비록 수치화되어 차가울 수 있지만, 그것을 만들고 사용하는 사람들은 뜨거운 심장과 꿈을 가졌다. 그리고 그들이 가진 아날로그한 따듯함은 디지털 세상 안에서 사회의 편견을 깨고 그 이상의 빛나는 가치를 이뤄내고 있다.

혹시 이 글을 읽는 당신도 자신의 소중한 꿈을 오랫동안 서랍 속에만 감춰두고 있다면, 이젠 용기 내어 세상으로 드러내보라고 말해주고 싶다.

점점 더 넓어지는 세상의 중심에는 보이지 않는 거대한 따듯함이 분명 존재하며, 그들은 언제나 꿈을 가진 당신의 편에 서서 소리 없이 열렬한 박수를 보내고 있으니 말이다.

디지털이 가져다준 아날로그 기적

'브런치북 프로젝트로 출간의 꿈을 이루다'

"작가요? 책 제목이 뭐예요?"

처음 보는 사람에게 내가 작가라고 소개하면 대개는 이렇게 물어왔다. 디지털 콘텐츠가 판치고 있는 이 시대에 아직도 '작가=출간한 사람'이라고 여기는 사람이 있다는 게 안타까우면서도 그런 질문을 받으면 괜스레 목소리가 작아지곤 했다. 2015년 '제1회 브런치북 프로젝트'에서 은상을 받은 후 출판사 몇 곳에서 브런치스토리에 올라오는 내 글을 보고 출간을 제안했지만 기획 과정에서 뜻이 맞지 않아 책으로 만들어지지 못하고 있었다. 그렇게 낮에는 잡지사 기자로 일하고 밤에는 브런치스토리 온라인 작가로 활동하며 몇 해의 시간이 흘렀다. 그 사이에도 계속 새로운 인연을 만나면 당연스레 책에 대해 묻는 질문을 받았고, 그럴 때마다 마음 안에서 작가로서의 정체성을 단단히 하고 싶다는 목소리가 들썩였다.

어느 날 제주도에서 걸려온 한 통의 전화를 받고 나는 회사에서 일하던 도중 가방만 가지고 뛰쳐나와 퇴사를 했다. 회사 동료들과 오랜만에 여행을 떠난 엄마가 사고로 척추 골절을 당하게 되었고, 그 후부터 내 간병 생활이 시작된 것이다.

그곳에서 나는 기자도, 작가도 아니었다. 철저히 가족을 대표한 엄마의 보호자였으며, 모든 게 서툰 신입 간병인이었다. 깜깜한 밤이 찾아오면 글을 쓰는 대신 엄마의 신음 소리를 더듬어 뜬눈으로 밤을 새웠다. 그럼 병원의 작은 창문 너머에 떠오른 조각달이 내게 '이젠 무엇을 할 거니? 넌 누구니?' 하고 물어오는 듯했다.

걷지 못하는 엄마를 간병하는 건 내게 벅찬 일이었다. 병실에 간이침대가 없어 찬 바닥에서 잠을 잤고, 손가락에 관절염이 생겨 아침이면 강직이 왔다. 신체적인 힘듦보다 엄마가 혹시 더 아프게 될까 봐 노심초사하느라 마음이 많이 지친 상태였다.

하루는 엄마가 잠이 든 걸 확인하고 복도 끝 비상구 계단으로 가 언니에게 전화를 걸었다. 언니는 지쳐서 울먹이는 나를 이해해주며 연차를 내서 제주로 와주기로 했다. 병실로 돌아가 엄마에게 이 이야기를 하니 엄마는 왜 바쁜 언니를 제주까지 오라 하느냐고 나를 되레 꾸짖으셨다. 나는 너무나 힘들었다. 그래서 나보다 훨씬 힘들고 아픈 엄마에게 버럭 화를 내고 말았다. 아무 일도 없었던 그 과거, 퇴근을 하고 집에 와 가족과 오손도손 맛있는 식사를 하고 밤이 깊어가는 줄도 모르고 즐겁게 글을 썼던 그때로 절실히 돌아가고 싶었다.

엄마는 아예 걷지 못한다는 의사의 말과 달리 힘을 냈고, 용기를 내어 다리를 움직이기 시작했다. 의사도 놀라운 일이라고 기뻐했다. 그리고 어느새 휠체어를 타고 일어나는 연습까지 할 수 있게 되었다.

그날은 휠체어에 앉은 엄마에게 병실 앞에서 잠시만 기다려달라고 하고 정수기에 물을 가지러 갔다. 무슨 일이 생길까 봐 복도를 뛰어가 얼른 물을 받아 돌아왔는데 엄마가 어느 환자와 대화를 나누고 계셨다. 그분이 나에 대해 물었는지 엄마가 말했다.

"우리 작은딸이에요. 우리 딸은 작가예요."

"오 그래요? 무슨 책 냈는데요?"

역시나 그간 받아왔던 질문이 들려왔다. 떨어져 서 있던 나는 물병을 두 손으로 꽉 잡았다. 그런데 잠시 뒤 엄마가 또박또박한 말투로 말했다.

"컴퓨터 안에 글을 써서 올려요."

한 치의 주저도, 한 치의 부끄러움도 없었다. 그 목소리는 이 세상 모든 엄마들의 사랑처럼 당당하고 단단한 것이었다.

긴 병원 생활을 끝내고 엄마는 지팡이를 짚고 세 발로 걸어 집에 올 수 있게 되었다. 기적 같은 일이었다. 그리고 엄마와 함께 집으로 돌아온 나는 이제 간병인도, 회사원도 아니었다. 그렇지만 더 이상 나를 둘러싼 적막이 두렵지 않았다. '넌 이제 뭘 할 거니, 넌 누구니'라는 내 안의 목소리도 어느새 잠잠해졌다. 이제 나는 당당하고 단단하게 외칠 수 있는 작가였기 때문이다.

그해 겨울, '제1회 브런치북 프로젝트'에서 은상을 받은 후 오랜 시간이 흘러 나는 다시 '제10회 브런치북 프로젝트'에 도전했다. 반드시 출간을 하자는 각오는 아니었다. 다만 내 스스로에게 당당한 작가가 되고 싶어 열심히 썼다. 그리고 그 이야기들은 마침내 수상을 하여 지금 당신이 보고 있는, 이 책이 되었다.

디지털은 꿈을 향해 당당하고 단단하게, 계속해나가는 사람들에게 세상에 자기 자신을 입증할 만한 참된 기회를 제공한다.

디지털이라는 수단이 아무리 차갑고 냉정하다 하더라도, 이 사회가 아무리 꽉 막힌 말들을 한다 하더라도, 미래가 우리에게 어떠한 겁을 준다 하더라도, 문제 되지 않을 것이다.

결국 기적을 만드는 건, 수단을 현명하게 사용하며 끝까지 흔들리지 않고 해내는 '우리 자신'이기 때문이다.

영원하지 않은
아날로그의 소중함

　누군가 삭제하지 않는다면 끝이라는 게 없는 디지털 속의 정보들에 파묻혀 정신없이 살던 시절엔 '이 사실'을 망각하고 있었다. 그렇게 삶을 본연의 가치대로 살지 못하고 실컷 낭비한 뒤, 또다시 맞이하는 날들을 무표정으로 대하곤 했다. 하지만 노랗게 낡아가는 편지지, 가을볕 아래 흙으로 돌아가는 텃밭의 식물들, 주름져가는 엄마의 손, 어른으로 익어가는 나의 생활 같은 아날로그를 곁에 두고 살아가며 나는 망각했던 이 사실을 다시금 깨달을 수 있었다.

　'삶은 영원하지 않다.
　그렇기에 삶은 그 무엇보다 찬란하다.'

마지막 남은 하나의 사탕이 무척 소중하고 맛있게 느껴지는 것처럼 인생에 끝이 있다는 사실은, 우리에게 진정한 사랑을 하고 진심을 다해 행복할 수 있는 자격을 건넨다. 나는 이것이야말로 아날로그가 주는 가장 큰 선물이자 기적이라고 생각한다.

　이 책을 쓰는 와중에 인공지능(AI)에 대한 뉴스를 보게 되었다. 기술의 발전이 속도를 붙이고 있어서 AI가 곧 생활 전반에 도입될 거라는 내용이었다. 실제로 대학교에서 일하는 내 지인은 요즘 몇몇 학생들이 리포트를 본인이 작성하지 않고 모두 AI에게 시켜 제출한다고 걱정하면서, 심지어 그 글을 읽어보면 너무 잘 써서 무섭기까지 하다고 했다. 종일 책상에 앉아 한 문장을 가지고도 여러 번 수정하며 끙끙대는 나에게는 힘이 쭉 빠지는 소식이었다. AI에게 '강작의 문체로 글 하나 써줘' 하고 요청하면 단 몇 분 만에 써버릴 수도 있을 테니 말이다.

　하지만 맺음말을 쓰는 지금으로서는 그 우려가 잠잠해졌다. AI가 현재 인간이 하는 모든 일을 대신한다고 하더라도, 누군가 개입해 강제하지 않는다면 결코 삶처럼 스스로 유한해지지는 못할 것이기 때문이다. 그러므로 그만큼 간절하고 진실된 사랑은 하지 못하리라. 서툴고 느리고 번거로울 수 있지만, 따뜻하고 인간적인 아날로그. 진정한 사랑, 진정한 행복, 진정한 삶은 유한한 아날로그가 있기에 완성된다.

앞으로 디지털은 계속해서 빠르게 발전할 것이다. 그것에 휩쓸려 외로워져서도, 두려워져서도 안 된다. 디지털을 수단으로써 현명하게 활용하되 계속해서 아날로그한 인간성을 상기하고 이 둘을 건강하게 공존시켜야만, 삶의 가치들이 풍요로워질 수 있다. 애플 CEO인 팀 쿡이 MIT 졸업 연설에서 이런 말을 했다.

"저는 인공지능으로 인해 컴퓨터가 인간처럼 생각하는 것을 걱정하지는 않습니다. 오히려 사람들이 컴퓨터처럼 생각하는 것이 더 걱정됩니다. 어떤 연민이나 동정도 없이 그로 인한 결과에 대한 우려도 없이 말이죠.

그렇게 되지 않기 위해 MIT 여러분이 필요한 것입니다. 왜냐하면 과학이라는 것이 어둠 속에서 무언가를 찾는 거라면, 인간성이라는 것은 지금 우리가 어디에 있는지, 어떤 위험이 눈앞에 있는지 보여주는 촛불입니다.

스티브 잡스가 이렇게 말한 적이 있습니다. 기술 그 자체만으로는 충분하지 않다고 말이죠. 기술과 인문학이 함께하고 기술이 인간성을 가졌을 때 우리의 마음을 움직이게 한다고 말했습니다.

여러분이 무언가를 할 때 그 중심에 인간이 있음을 잊지 않는다면 아주 커다란 영향력을 가지게 될 것입니다."

– 애플 CEO 팀 쿡, 'MIT 졸업 연설' 중에서

당신이 이 책을 읽음으로써 잊고 지내온 자신 안의 '서툴지만 따뜻하고 아름다운 아날로그의 모습'을 발견하고 그것을 좀 더 애정하게 되었다면, 이 책은 제 역할을 다한 것이라고 생각한다. 이제 검은 액정 너머로 비춰진 밝은 달을 보며 떠오른 사람들에게 따뜻함을 연결하는 것은 우리의 몫이다.

꺼지지 않는 밤하늘의 별빛처럼
세상 무엇보다 영원할,
당신 안의 아날로그를 말이다.

우리가 애정했던 아날로그 라이프

1판 1쇄 발행 2023년 8월 30일

지은이   강작(강지혜)

발행인   김성룡
코디   정도준
교정·교열   심영미
디자인   김민정
표지 일러스트   이서희
표지 서체   에스 명조

펴낸곳   가연
주소   서울시 마포구 월드컵북로 4길 77, 3층 (동교동, ANT빌딩)
문의 메일   2001nov@naver.com
구입 문의   02-858-2217
팩스   02-858-2219

"본 도서는 카카오임팩트의 출간 지원금을 받아 만들어졌습니다."